INQUEBRÁVEL

OBRAS DA AUTORA PUBLICADAS PELA RECORD

Série Beautiful Creatures (com Margaret Stohl)

Dezesseis luas
Dezessete luas
Dezoito luas
Dezenove luas

Série A Legião

Inquebrável

KAMI GARCIA

INQUEBRÁVEL

A LEGIÃO – LIVRO 1

Tradução
Joana Faro

1ª edição

— Galera —
RIO DE JANEIRO
2014

CIP-BRASIL. CATALOGAÇÃO NA PUBLICAÇÃO
SINDICATO NACIONAL DOS EDITORES DE LIVROS, RJ

Garcia, Kami
G199i   Inquebrável / Kami Garcia ; tradução Joana Faro. –
1ª ed. – Rio de Janeiro : Galera Record, 2014.
(A legião ; 1)

Tradução de: Unbreakable
ISBN 978-85-01-40313-1

1. Ficção americana. I. Faro, Joana. II. Título.
III. Série.

14-11947   CDD: 813
                                              CDU: 821.111(73)-3

Título original em inglês:
Unbreakable

Copyright © 2013 by Kami Garcia

Todos os direitos reservados.
Proibida a reprodução, no todo ou
em parte, através de quaisquer meios.
Os direitos morais do autor foram assegurados.

Composição de miolo: Abreu's System

Texto revisado segundo o novo Acordo Ortográfico da Língua Portuguesa.

Direitos exclusivos de publicação em língua portuguesa somente para o Brasil
adquiridos pela
EDITORA RECORD LTDA.
Rua Argentina, 171 – Rio de Janeiro, RJ – 20921-380 – Tel.: 2585-2000,
que se reserva a propriedade literária desta tradução.

Impresso no Brasil

ISBN 978-85-01-40313-1

Seja um leitor preferencial Record.
Cadastre-se e receba informações sobre nossos
lançamentos e nossas promoções.

Atendimento e venda direta ao leitor:
mdireto@record.com.br ou (21) 2585-2002.

Para Alex, Nick e Stella:
Nenhum dos mundos imaginários que crio se compara ao mundo real que compartilho com vocês.

Em cada mil pessoas podando os galhos do mal há uma tentando arrancá-lo pela raiz.

— **Henry David Thoreau,** ***Walden***

1. SONÂMBULA

Ao afundar os pés descalços na terra úmida, tentei não pensar nos cadáveres enterrados sob mim. Já tinha passado várias vezes por aquele pequeno cemitério, mas nunca à noite e sempre do lado de fora dos portões de ferro descascados.

Eu teria dado qualquer coisa para estar do outro lado naquele momento.

Sob o luar, as fileiras de lápides gastas revelavam a verdadeira natureza daquele terreno bem-cuidado: a tampa gramada de um enorme caixão.

Um galho estalou, e me virei.

— Elvis? — Procurei um indício do rabo anelado cinza e branco de meu gato.

Elvis jamais fugia, em geral se contentava em rodear meus calcanhares sempre que eu abria a porta... até aquela noite. Ele havia corrido tão rápido que não tive nem tempo de pegar os sapatos, e o persegui por oito quarteirões até acabar ali.

Vozes abafadas flutuaram através das árvores, e eu congelei.

Do outro lado dos portões, uma garota de moletom azul e cinza da universidade de Georgetown passou sob a claridade fraca do poste de iluminação. As amigas a alcançaram, rindo e tropeçando pela calçada. Elas chegaram a um dos prédios acadêmicos e desapareceram lá dentro.

Era fácil esquecer que o cemitério ficava no meio de um campus universitário. Quando me embrenhei mais profundamente entre as fileiras irregulares, os postes de iluminação desapareceram atrás das árvores, e, de vez em quando, as nuvens mergulhavam o cemitério em sombras. Ignorei os sussurros no fundo de minha mente incitando-me a ir para casa.

Algo se moveu em minha visão periférica: um relance de branco.

Examinei as lápides, completamente banhadas de preto.

Qual é, Elvis. Onde você está?

Nada me assustava mais que o escuro. Eu gostava de ver o que vinha pela frente, e as coisas podiam se esconder na escuridão.

Pense em outra coisa.

A lembrança irrompeu antes que eu conseguisse impedir...

O rosto de minha mãe pairando sobre o meu enquanto eu piscava para acordar. O pânico em seus olhos quando pressionou um dos dedos sobre os lábios, mandando-me ficar quieta. O chão frio sob meus pés ao andarmos até o armário, onde ela empurrou os vestidos para o lado.

— Tem alguém na casa — sussurrou ela, tirando uma tábua da parede e revelando uma pequena abertura. — Fique aqui até eu voltar. Não dê um pio.

Enfiei-me ali dentro enquanto ela recolocava a tábua no lugar. Jamais tinha ficado na escuridão completa. Fixei os olhos em um ponto a centímetros de distância de mim, onde a palma de minha mão apoiava-se na tábua. Mas não conseguia vê-la.

Fechei os olhos para me proteger do breu. Havia sons de escada rangendo, móveis raspando contra o chão, vozes abafadas, e um pensamento não me saía da cabeça.

E se ela não voltasse? Apavorada demais para ver se eu conseguiria sair sozinha, fiquei com a mão na madeira. Escutava minha respiração entrecortada, convencida de que quem quer que estivesse na casa também podia ouvi-la.

Finalmente, a tábua cedeu sob a palma de minha mão, e uma torrente de luz inundou o espaço. Minha mãe estendeu os braços para mim, jurando que os invasores tinham fugido. Enquanto ela me carregava para fora do armário, eu não conseguia ouvir nada além das batidas de meu coração e não conseguia pensar em nada além do esmagador peso da escuridão.

Só tinha 5 anos na época, mas ainda me lembrava de cada minuto que passara dentro do espaço estreito. A memória fazia o ar em volta parecer sufocante. Parte de mim queria ir para casa, com ou sem meu gato.

— Elvis, venha aqui!

Algo se deslocou entre as lápides lascadas diante de mim.

— Elvis?

Um vulto emergiu de trás de uma cruz de pedra.

Eu me sobressaltei, deixando escapar um minúsculo suspiro por entre os lábios.

— Desculpe. — Minha voz vacilou. — Estou procurando meu gato.

O desconhecido não disse uma palavra.

Os sons se intensificaram de modo vertiginoso: galhos se quebrando, folhas farfalhando, meu coração pulsando. Pensei nas centenas de programas de crimes sem solução a que tinha assistido com minha mãe e que começavam exatamente assim: uma garota sozinha em algum lugar onde não deveria estar, olhando para o homem que estava prestes a atacá-la.

Dei um passo para trás, e a lama grossa envolveu meus calcanhares como uma mão me prendendo no lugar.

Por favor, não me machuque.

O vento varreu o cemitério, levantando longas mechas emaranhadas dos ombros do desconhecido e o fino tecido de um vestido branco de suas pernas.

Um vestido.

Senti uma onda de alívio.

— Você viu um siamês branco e cinza? Vou matá-lo quando o encontrar.

Silêncio.

O vestido foi iluminado pelo luar, e percebi que não era um vestido. Ela usava uma camisola. Quem perambularia por um cemitério de camisola?

Alguma louca.

Ou uma sonâmbula.

Não se deve acordar um sonâmbulo, mas também não podia deixá-la ali sozinha à noite.

— Oi? Está me ouvindo?

A garota não se moveu, encarando-me como se conseguisse ver meus traços no escuro. Senti um aperto na boca do estômago. Queria desviar minha atenção para outra coisa, qualquer coisa que não fosse aquele olhar fixo e perturbador.

Desviei os olhos para a base da cruz.

Os pés da garota estavam tão descalços quanto os meus e não pareciam tocar o chão.

Pisquei várias vezes, sem querer considerar a outra possibilidade. Só podia ser um efeito do luar e das sombras. Olhei para meus próprios pés, cobertos de lama, e depois olhei outra vez para os dela.

Eram pálidos e estavam limpos.

Um lampejo de pelo branco passou como um raio diante dela e correu em minha direção.

Elvis.

Eu o agarrei antes que conseguisse fugir. Ele bufou para mim, arranhando e se contorcendo violentamente até que o larguei. Meu coração batia com força enquanto o gato corria pela grama e se espremia por baixo do portão.

Olhei outra vez para a cruz de pedra.

A garota tinha sumido. O chão não passava de uma camada lisa e intocada de lama.

O sangue dos arranhões escorria por meu braço enquanto eu atravessava o cemitério, tentando descartar a garota de camisola branca de forma racional.

Silenciosamente, relembrava a mim mesma de que não acreditava em fantasmas.

2. ARRANHANDO A SUPERFÍCIE

Quando voltei à calçada bem iluminada, não havia sinal de Elvis. Um cara com uma mochila no ombro passou e me lançou um olhar estranho ao notar que estava descalça e coberta de lama até os calcanhares. Deve ter achado que eu era candidata a uma fraternidade.

Minhas mãos não pararam de tremer até eu chegar à O Street, onde as sombras do campus terminavam e as luzes do trânsito de Washington começavam. Naquela noite, até os turistas que posavam para fotos no topo da escada de *O exorcista* me tranquilizaram um pouco.

De repente, o cemitério pareceu estar a quilômetros de distância, e comecei a duvidar de mim mesma.

A garota do cemitério não era embaçada ou transparente como os fantasmas dos filmes. Parecia uma garota normal.

Só que estava flutuando.

Não estava?

Talvez fosse apenas uma impressão causada pela luz da Lua. E talvez não houvesse lama em seus pés porque ela pisava em uma parte seca do chão. Quando cheguei a meu quarteirão, repleto de casas espremidas umas contra as outras como sardinhas, tinha me convencido de que havia várias explicações.

Elvis estava deitado nos degraus da entrada com uma expressão dócil e entediada. Considerei deixá-lo do lado de fora para lhe dar uma lição, mas amava aquele gato idiota.

Ainda me lembrava do dia em que minha mãe o comprara para mim. Eu tinha chegado da escola chorando porque havíamos feito presentes para o Dia dos Pais na aula, e eu era a única criança sem pai. Ele fora embora quando eu tinha 5 anos, sem nunca olhar para trás. Minha mãe havia enxugado minhas lágrimas e dito: "Aposto que também é a única criança da sua turma que vai ganhar um filhote de gato hoje."

Elvis tinha transformado um de meus piores dias em um dos melhores.

Abri a porta, e ele correu para dentro.

— Sorte a sua eu deixar você entrar.

A casa cheirava a tomates e alho, e a voz de minha mãe flutuou pelo corredor.

— Tenho planos para este final de semana. Para o próximo também. Desculpe, mas preciso ir. Acho que minha filha acabou de chegar em casa. Kennedy?

— Oi, mãe.

— Estava na casa da Elle? Ia ligar para você agora.

Apareci no vão da porta quando ela desligou o telefone.

— Não exatamente.

Ela olhou rapidamente para mim, e a colher de pau escorregou de sua mão, caindo no chão e borrifando molho vermelho pelos ladrilhos brancos.

— O que aconteceu?

— Estou bem. Elvis fugiu, e demorei um tempão para pegá-lo.

Minha mãe se aproximou correndo e examinou os arranhões vermelhos.

— Foi Elvis que fez isso? Ele jamais arranhou alguém.

— Acho que ele se apavorou quando o agarrei.

Ela olhou para meus pés cobertos de lama.

— Onde você estava?

Preparei-me para o sermão padrão da minha mãe sempre que eu saía à noite: sempre leve o celular, não ande sozinha, fique em áreas bem iluminadas e, a que ela mais gostava, grite antes e pergunte depois. Naquela noite, violei todas as regras.

— No antigo cemitério jesuíta? — Minha resposta parecia mais uma pergunta cuja dúvida era: quão zangada ela ia ficar?

Minha mãe se enrijeceu e respirou fundo.

— Eu nunca iria a um cemitério à noite — respondeu ela, automaticamente, como se fosse algo que já tivesse dito mil vezes. Só que não era.

— Ficou supersticiosa de repente?

Ela balançou a cabeça e desviou os olhos.

— Claro que não. Não é preciso ser supersticioso para saber que lugares isolados são perigosos à noite.

Esperei o sermão.

Mas, em vez disso, ela me entregou uma toalha molhada.

— Limpe os pés e jogue isso fora. Não quero terra de cemitério na minha máquina de lavar.

Ela revirou a gaveta de quinquilharias até encontrar um Band-Aid gigante que parecia ser da época em que eu andava de velocípede.

— Com quem estava falando no telefone? — perguntei, tentando mudar de assunto.

— Era só uma pessoa do trabalho.

— Essa *pessoa* convidou você para sair?

Ela franziu a testa, concentrando-se em meu braço.

— Não estou interessada em namorar. Um coração partido é o bastante para mim. — Ela mordeu o lábio. — Não quis dizer...

— Sei o que quis dizer. — Minha mãe chorara até dormir pelo que tinham parecido meses depois de meu pai ir embora. Às vezes, eu ainda a ouvia.

Quando ela terminou o curativo em meu braço, sentei-me na bancada enquanto ela finalizava o molho marinara. Observá-la cozinhar era reconfortante. Fazia o cemitério parecer ainda mais longínquo.

Ela mergulhou o dedo no molho e o provou antes de tirar a panela do fogo.

— Mãe, você esqueceu a pimenta calabresa.

— Verdade. — Ela balançou a cabeça e forçou uma risada.

Minha mãe não deixaria nada a dever a Julia Child, e marinara era sua marca registrada. Seria mais fácil ela esquecer o próprio nome que o ingrediente secreto. Eu quase disse isso, mas me senti culpada. Talvez ela estivesse me imaginando em um daqueles programas de crimes sem solução.

Desci da bancada.

— Vou subir para desenhar.

Ela olhava pela janela da cozinha, absorta.

— Hmm... é uma boa ideia. Provavelmente vai fazer com que se sinta melhor.

Na verdade, não ia me fazer sentir nada.

Esse era o objetivo.

Quando minha mão se movimentava sobre o papel, os problemas desapareciam e eu era transportada para um lugar diferente, ou me tornava *alguém* diferente por um tempo. Meus desenhos eram inspirados por um mundo que só eu via: um garoto carregando seus pesadelos em um saco, deixando pedaços para trás, ou um homem sem boca esmurrando as teclas de uma máquina de escrever quebrada no escuro.

Como o desenho no qual trabalhava naquele momento.

Parei diante do cavalete e analisei a garota empoleirada em um telhado com um dos pés pendendo hesitante pela borda. Ela olhava para o chão lá embaixo, o rosto retorcido de medo. Delicadas asas de andorinha preto-azuladas saíam de seu vestido. O tecido estava rasgado no ponto onde as asas tinham se projetado, nascendo de suas costas como galhos de uma árvore.

Li em algum lugar que, quando uma andorinha faz um ninho no telhado, é sinal de sorte. Mas caso ela abandone o ninho, não se tem nada além de azar. Como tantas outras coisas, o pássaro podia ser uma benção ou uma maldição, um fato que a garota alada conhecia muito bem.

Adormeci pensando nela. Perguntando-me como seria possuir asas e não ter coragem de voar.

⇥ • ⇤

Acordei exausta no dia seguinte. Meus sonhos tinham sido atormentados por garotas sonâmbulas flutuando em cemitérios. Elvis estava enroscado a meu lado. Acariciei suas orelhas, e ele pulou para o chão.

Não saí da cama até Elle aparecer de tarde. Ela nunca se dava ao trabalho de ligar antes. Nunca lhe ocorria que alguém pudesse não querer vê-la, uma qualidade que eu invejava desde o momento em que nos conhecemos no sétimo ano.

Naquele momento, Elle estava esparramada sobre minha cama em meio a um mar de papéis de bala, folheando uma revista, enquanto eu ficava diante do cavalete.

— Um monte de gente vai ao cinema hoje à noite — disse Elle. — O que você vai vestir?

— Já disse que vou ficar em casa.

— Por causa daquele projeto patético de garoto que vai ser titular do time de futebol americano da faculdade comunitária quando nos formarmos? — perguntou Elle no tom perigoso, reservado a pessoas que tinham cometido o erro de magoar alguém de quem ela gostava.

Senti um frio na barriga. Mesmo depois de semanas, a ferida ainda estava aberta.

— Porque não consegui dormir direito. — Deixei de fora a parte sobre a garota do cemitério. Se começasse a pensar nela, teria outra noite de pesadelos pela frente.

— Pode dormir quando morrer. — Elle jogou a revista no chão. — Mas não pode passar todos os finais de semana escondida no quarto. Não é você quem deveria estar envergonhada.

Deixei cair um pedaço de carvão na caixa organizadora sobre o piso e limpei as mãos na jardineira.

— Acho que tomar um pé na bunda por não deixar seu namorado usar você como cola atinge um patamar bem alto na escala da humilhação.

Eu deveria ter desconfiado quando um dos garotos mais bonitos da escola me pediu que o ajudasse a aumentar suas notas de história para não ser expulso do time de futebol americano. Sobretudo por ser Chris, o garoto calado que morara em vários lares temporários... e por quem eu tinha uma quedinha havia anos. Mesmo assim, com a média mais alta em história e em todas as outras matérias, eu era a escolha lógica.

Só não me dei conta de que Chris sabia por quê.

Nos primeiros anos do ensino fundamental, minha memória eidética era uma novidade. Naquela época, referia-me a ela como "fotográfica", e os outros achavam legal eu conseguir decorar páginas de texto em apenas alguns segundos. Até ficar mais velha, e perceberem que eu não precisava estudar para conseguir notas mais altas que as deles. Quando cheguei ao final do ensino fundamental, tinha aprendido a esconder minha "vantagem injusta", que era como os outros alunos e seus pais a chamavam ao reclamarem com os professores.

Naquela época, apenas alguns de meus amigos sabiam. Pelo menos era o que eu achava.

Chris era mais esperto do que os outros imaginavam. Investiu tempo na disciplina de história... e em mim. Três semanas. Foi esse o intervalo que levou para me beijar. Mais duas semanas para me chamar de namorada.

Mais uma semana para pedir que o deixasse colar de mim na prova do meio do ano letivo.

Vê-lo na escola e fingir que estava bem ao ser encurralada por ele e seu pedido de desculpas esfarrapado já fora difícil o bastante.

— Não tive a intenção de magoá-la, Kennedy. Mas a escola não é tão fácil para mim quanto é para você. Uma bolsa de estudos é minha única chance de sair daqui. Achei que você entendia.

Eu entendia perfeitamente, e era por isso que não queria encontrá-lo naquela noite.

— Não vou.

Elle **suspirou**.

— Ele não vai. O time tem um jogo fora da cidade.

— Tudo bem. Se algum dos amigos babacas dele estiver lá, vou embora.

Ela foi para o banheiro com a bolsa e um sorriso presunçoso.

— Vou começar a me arrumar.

Cutuquei a grossa camada de carvão preto sob minhas unhas. Iam precisar de uma boa esfregada se eu não quisesse parecer uma mecânica. O Band-Aid gigante no braço já me fazia parecer uma vítima de queimadura. Pelo menos o cinema ia estar escuro.

A porta da frente bateu no andar de baixo, e logo depois minha mãe apareceu no corredor.

— Vai ficar em casa hoje à noite?

— Quem me dera. — Indiquei o banheiro com a cabeça. — Elle me obrigou a ir ao cinema com ela.

— E tudo bem para você? — Minha mãe tentou parecer causal, mas eu sabia o que a preocupava. Ela tinha feito brownies e me ouvido chorar por causa do Chris durante semanas.

— Ele não vai estar lá.

Ela sorriu.

— Parece perigoso. Você corre o risco de se divertir. — Então sua expressão se alterou, ficando toda séria. — Tem dinheiro?

— Trinta dólares.

— Seu celular está carregado?

Apontei para minha mesa de cabeceira, onde o telefone estava conectado.

— Sim.

— Alguém vai beber?

— Mãe, vamos ao cinema, não a uma festa.

— Se, por alguma razão, houver bebidas...

Eu a interrompi, recitando o restante de cor:

— Eu ligo, e você me busca, sem perguntas, sem consequências.

Ela puxou a alça de minha jardineira.

— Vai usar isto? É um bom visual.

— O grunge está voltando. Estou à frente da moda.

Minha mãe foi até o cavalete. Passou o braço ao meu redor, encostando a cabeça à minha.

— Você é tão talentosa, e eu mal consigo fazer uma linha reta. Certamente não herdou isso de mim.

Ignoramos a outra fonte possível.

Ela olhou para a poeira preta que cobria minhas mãos.

— Apesar do talento impressionante, talvez fosse melhor tomar um banho.

— Concordo. — Elle saiu do banheiro, pronta por nós duas, com um jeans justo e uma regata estrategicamente caída em um dos ombros. O alvo de seu flerte daquela noite sem dúvida a notaria, assim como todos os outros garotos do cinema. Mesmo com um rabo de cavalo desgrenhado e quase sem maquiagem, Elle não passava despercebida.

Essa era outra diferença entre nós.

Fui para o banheiro com muito menos expectativas em relação a mim mesma. Livrar-me do carvão sob as unhas já seria uma vitória.

Minha mãe e Elle sussurravam quando saí.

— Qual é o grande segredo?

— Nada. — Minha mãe ergueu uma sacola de compras, balançando-a pela alça. — Acabei de comprar uma coisa para você. Achei que fosse precisar. É uma prova dos meus poderes mediúnicos.

Reconheci o logotipo impresso na lateral.

— É o que acho que é?

Ela deu de ombros.

— Não sei...

Tirei a caixa da bolsa e joguei a tampa no chão. Havia um par de botas pretas com tiras de couro que se afivelavam nas laterais embrulhado em papel de seda. Eu as vira algumas semanas antes, quando estávamos fazendo compras. Eram perfeitas... diferentes, mas não diferentes demais.

— Achei que iam ficar lindas com seu uniforme — disse ela, referindo-se ao jeans preto e às camisetas desbotadas que eu usava todos os dias.

— Vão ficar maravilhosas com qualquer coisa. — Calcei as botas e me olhei no espelho.

Elle assentiu, aprovando.

— Definitivamente descolada.

— Talvez fiquem mais bonitas sem o roupão de banho. — Minha mãe agitou um tubo preto no ar. — E com um pouco de rímel.

Eu detestava rímel. Era como uma impressão digital na cena de um crime. Se você chorasse, era impossível se livrar das manchas pretas sob os olhos, algo quase tão constrangedor quanto chorar na frente de todo mundo para começo de conversa.

— É só um filme, e sempre acabo com esse negócio espalhado pelo rosto inteiro quando passo. — Ou horas depois, algo que aprendi do jeito difícil.

— Existe um truque. — Minha mãe parou diante de mim, segurando o aplicador. — Olhe para cima.

Cedi, torcendo para aquilo me deixar mais parecida com Elle e menos com uma garota comum.

Elle se debruçou sobre o ombro de minha mãe, observando sua técnica enquanto aplicava uma camada grudenta.

— Mataria para ter cílios como os seus, e você nem dá valor a eles.

Minha mãe se afastou e admirou seu trabalho, depois olhou para Elle.

— O que acha?

— Maravilhosa. — Elle se jogou na cama dramaticamente. — Sra. Waters, você é muito maneira.

— Estejam em casa à meia-noite ou não vou ser tão maneira — disse ela ao sair do quarto.

Elvis enfiou a cabeça pelo vão da porta.

Eu me aproximei para pegá-lo no colo. Ele ficou petrificado por um instante, com os olhos fixos em mim. Depois voltou em disparada para o corredor.

— O que está acontecendo com o Rei? — perguntou Elle, usando seu apelido preferido para Elvis.

— Ele tem agido de um jeito estranho. — Eu não quis elaborar.

Queria esquecer o cemitério e a garota de camisola branca. Mas não conseguia me livrar da imagem de seus pés pairando acima do chão, nem da sensação de que havia uma razão para não conseguir parar de pensar nela.

3. BLACKOUT

Quando Elle me deixou em casa, cinco minutos antes da hora marcada, estava tudo escuro, o que era estranho porque minha mãe sempre esperava acordada. Gostava de ficar na cozinha enquanto eu assaltava a geladeira e contava uma versão levemente editada dos acontecimentos da noite. Depois de meu exílio autoimposto, ela se divertiria ao me ouvir contar que nada tinha mudado.

Elle havia me arrastado pelo saguão enquanto flertava com garotos com quem nunca sairia, e eu fora obrigada a bater papos constrangidos com os amigos deles. Pelo menos tinha terminado, e ninguém me perguntara sobre Chris.

Destranquei a porta.

Ela não havia nem deixado uma luz acesa para mim.

— Mãe?

Talvez tenha pegado no sono.

Liguei o interruptor que ficava na base da escada. Nada. Devíamos estar sem luz.

Ótimo.

A casa estava no breu. Uma onda de tontura me percorreu quando o medo começou a aumentar.

Segurei o corrimão e me concentrei no topo da escada, tentando me convencer de que não estava tão escuro.

Subi lentamente.

— Mãe?

Quando cheguei ao patamar do segundo andar, uma lufada de ar frio me deixou sem fôlego. A temperatura dentro da casa devia ter caído pelo menos dez graus desde a hora em que saí para o cinema. Será que tínhamos deixado uma janela aberta?

— Mãe!

As luzes oscilavam, lançando longas sombras pelo corredor estreito. Andei lentamente em direção ao quarto dela, sentindo-me mais apavorada a cada passo. A lembrança do minúsculo espaço no fundo do armário lutava para se libertar.

Não pense nisso.

Eu me aproximei.

O final do corredor estava ainda mais frio, e minha respiração se condensava em nuvens brancas. A porta do quarto estava aberta, uma fraca luz amarela piscava lá dentro.

O fedor de fumaça de cigarro estagnada chegou até mim, e uma crescente sensação de medo apertou minhas entranhas.

Tem alguém na casa.

Passei pela porta, e a estranheza da cena me dominou.

Minha mãe estava caída na cama, imóvel.

Elvis estava deitado sobre seu peito.

O abajur do canto se acendia e apagava como se uma criança estivesse brincando com o interruptor.

O gato soltou um som baixo e gutural que rasgou o silêncio, e eu estremeci. Se animais tivessem a capacidade de gritar, aquele seria o som.

— Mãe?

A cabeça de Elvis se virou para mim.

Corri até a cama, e ele pulou para o chão.

A cabeça de minha mãe estava inclinada para o lado, com o cabelo escuro caído sobre o rosto, enquanto o quarto era mergulhado em uma escuridão intermitente. Eu me dei conta do quanto ela estava inerte, do fato de que seu peito não se erguia e abaixava. Pressionei os dedos contra sua garganta. Nada.

Eu a balancei com força.

— Mãe, acorde!

Lágrimas desciam por meu rosto, e enfiei a mão sob sua bochecha. A luz parou de piscar, banhando o quarto em uma fraca claridade.

— Mãe! — Agarrei seus ombros e a levantei. Sua cabeça oscilou para a frente e bateu contra o peito. Recuei às pressas, e o corpo caiu outra vez no colchão, quicando de um jeito anormal.

Escorreguei para o chão, engasgando com as lágrimas.

A cabeça de minha mãe estava caída na cama em um ângulo estranho, com o rosto virado para mim.

Os olhos eram vazios como os de uma boneca.

QUATRO SEMANAS DEPOIS

4. FUGA DA TUMBA

Meu quarto ainda parecia meu quarto, com as estantes abarrotadas de blocos de desenho e latas cheias de lápis quebrados e pedaços de carvão. A cama ainda ficava posicionada no meio, como uma ilha, para que pudesse me deitar e olhar os pôsteres e desenhos presos nas paredes. *Lady Day*, de Chris Berens, continuava colado atrás da porta: uma garota linda aprisionada em uma redoma de vidro flutuando pelo céu. Eu tinha passado várias noites inventando histórias sobre a garota presa. No final, ela sempre encontrava um jeito de sair.

Naquele momento, eu não tinha tanta certeza.

Tinha dois dias para desmanchar aquele lugar e encaixotar tudo o que fosse importante para mim. As coisas que tornavam aquele quarto meu, as coisas que me definiam. Tentara umas cem vezes no último mês, mas não conseguia me forçar a fazer aquilo. Então recrutei a única pessoa que amava esse lugar quase tanto quanto eu.

— Terra para Kennedy? Ouviu alguma coisa que eu disse? — Elle segurava meus blocos de desenho. — Quer que coloque isto na caixa de material de arte ou na de livros?

Dei de ombros.

— Na que você achar melhor.

Parei diante do espelho, arrancando fotos desbotadas que estavam presas ao redor da moldura: um close borrado de Elvis dando um tapa na lente quando era filhote. Minha mãe de short desfiado quando tinha mais ou menos minha idade, lavando um Camaro preto e acenando para a câmera com a mão ensaboada, usando a pulseira de identificação de prata que nunca tirava do pulso.

Uma enfermeira do hospital tinha me entregado um saco plástico transparente com aquela pulseira na noite em que minha mãe foi pronunciada morta. Ela havia me encontrado na sala de espera, sentada na mesma cadeira amarela onde estava quando o médico disse as duas palavras que estilhaçaram minha vida: *falência cardíaca*.

Agora a pulseira estava em meu pulso, e o saco plástico com o nome de minha mãe impresso enfiado dentro do bloco de desenhos mais antigo.

Elle pegou uma foto de nós duas mostrando a língua, com a boca manchada de algodão-doce azul.

— Não acredito que vai mesmo embora.

— Não tive escolha. Ir para o internato é melhor que morar com minha tia. — Minha mãe e a irmã mal se falavam, e, das poucas vezes que eu as vira juntas, elas tinham brigado. Minha tia era apenas mais uma estranha, como meu pai. Eu não queria morar com uma mulher que mal conhecia e ouvi-la prometer que ia ficar tudo bem.

Queria deixar a dor me preencher e cobrir minhas entranhas com a armadura de que precisava para passar por aquilo. Imaginava a redoma de *Lady Day* sendo baixada sobre mim.

Mas, em vez de vidro, a minha era feita de aço.

Inquebrável.

Não expliquei nada disso a minha tia quando me recusei a ir morar com ela em Boston, ou quando, dias depois, ela espalhou uma pilha de folhetos brilhantes de internatos diante de mim. Eu tinha olhado as fotos dos prédios cobertos de hera que eram assustadoramente parecidos: Pensilvânia, Rhode Island, Connecticut. No final, escolhi o norte do estado de Nova York, o lugar mais frio... e mais distante de casa.

Minha tia começara a fazer os arranjos imediatamente, como se quisesse voltar à própria vida tanto quanto eu queria tirá-la da minha. Eu tinha forçado um aceno quando seu táxi enfim foi embora no dia anterior, depois de persuadi-la a me deixar ficar na casa de Elle até ir para Nova York.

Quando tirei a foto de Elvis do espelho, outra foto flutuou para o chão: meu pai diante de uma velha casa cinzenta, eu sorrindo em seus ombros. Parecia muito feliz, como se nada pudesse tirar aquele sorriso de meu rosto. A foto me fez lembrar de um dia mais sombrio, no qual aprendi que um sorriso pode se partir com a mesma facilidade que um coração.

Acordei cedo e desci a escada na ponta dos pés para assistir a desenhos animados no mudo, como normalmente fazia quando meus pais dormiam até tarde nos finais de semana. Estava despejando leite achocolatado no cereal quando ouvi as dobradiças da porta da frente rangerem. Corri para a janela.

Meu pai estava de costas para mim com uma sacola de viagem em uma das mãos e a chave do carro na outra.

Será que ia viajar?

Ele abriu a porta do motorista e se inclinou para entrar. Foi quando me viu e ficou paralisado. Acenei, e ele levantou a mão como se fosse acenar também. Mas não o fez. Em vez disso, fechou a porta do carro e foi embora.

Encontrei um pedaço rasgado de papel sobre o aparador do hall alguns minutos depois. Uma caligrafia desleixada se espalhava pela página como uma cicatriz.

Elizabeth,

Você foi a primeira mulher que amei, e sei que será a última. Mas não posso ficar. Tudo o que sempre quis para nós — e para Kennedy — foi uma vida normal. Acho que ambos sabemos que isso é impossível.

Alex

Naquela época, não conseguia ler as palavras, mas meu cérebro tirou uma foto mental, preservando a curva de cada letra. Anos depois, entendi o que estava escrito e a razão de meu pai ir embora. Era o bilhete que fizera minha mãe chorar noite após noite e que jamais tínhamos discutido.

O que ela ia dizer? Seu pai foi embora porque queria uma filha normal? Ela nunca teria admitido algo tão cruel, mesmo que fosse verdade.

Engolindo em seco, forcei-me a tirar o bilhete da cabeça. Já o via com frequência suficiente.

Peguei um rolo de fita adesiva grossa quando Elvis entrou correndo no quarto. Pulou em cima da caixa que estava diante de mim. Ao estender uma das mãos para acariciá-lo, ele saltou para o chão e desapareceu corredor adentro novamente.

Elle revirou os olhos.

— Estou feliz por ter aceitado ficar com seu gato psicótico enquanto você estiver no internato.

Um nó se formou na base de minha garganta. Deixar Elvis para trás era como perder mais uma parte de minha mãe.

Empurrei a dor para um lugar mais profundo.

— Sabe que em geral ele não é assim. Os animais têm dificuldade de se adaptar quando alguém que amam... — Eu ainda não conseguia dizer aquilo. — Quando perdem alguém.

Elle ficou quieta por um instante antes de voltar à conversa bem-humorada.

— Quanto tempo acha que vamos levar? Quero pedir uma pizza para já estar na minha casa quando chegarmos.

Avaliei as caixas meio arrumadas e as pilhas de roupas espalhadas por meu quarto. Em dois dias, um motorista apareceria para buscar os pedaços de minha vida e levá-los até uma escola que eu só vira em um folheto.

— É estranho se eu quiser passar a noite aqui?

Elle ergueu uma das sobrancelhas.

— Claro que é.

Olhei para minhas paredes, que tinham pontos de gesso exposto nos lugares de onde eu arrancara pedaços de fita adesiva.

— Só quero que o quarto seja meu um pouco mais, sabe?

— Entendo. Mas minha mãe não vai deixar.

Lancei a ela um olhar digno de pena.

Ela suspirou.

— Vou ligar para ela e dizer que vamos dormir na casa de Jen.

— Eu meio que queria ficar sozinha.

Elle arregalou os olhos.

— Não pode estar falando sério.

Não sabia como explicar, mas não estava pronta para ir embora. Uma parte de minha mãe sempre estaria naquela casa, pelo menos as lembranças que eu tinha dela. Picar barras de chocolate na cozinha para fazer seus brownies extremos. Observá-la pintar as paredes do meu quarto de violeta para combinar com meu bicho de pelúcia preferido. Eram coisas que eu não podia encaixotar.

— Minha tia vai vender a casa. Provavelmente, esta vai ser a última vez que vou dormir no meu quarto.

Elle balançou a cabeça, mas sabia que ela ia ceder.

— Vou dormir na casa da Jen e dizer a minha mãe que você está comigo. — Ela foi até minha cômoda e pegou a foto de nós duas com a língua azul, dobrando as margens com a pressão de seus dedos. — Não esqueça esta.

— Fique com ela. — Minha voz falhou.

Os olhos de Elle se encheram de lágrimas, e ela me abraçou.

— Vou morrer de saudades.

— Ainda temos mais dois dias. — Dois dias pareciam uma eternidade. Teria matado por mais duas *horas* com minha mãe.

Depois que Elle foi embora, tirei a fita amarelada das bordas de *The Great Escape*, de Berens. Joguei o pôster no lixo, desejando poder escapar das caixas de papelão, das paredes nuas e de uma vida que não se parecia em nada com a que eu lembrava.

⇥ • ⇤

Oscilei entre o sono e a vigília enquanto fragmentos de sonhos permeavam minha consciência. O corpo de minha mãe caído inerte na cama. Os olhos vazios me encarando. Um frio cortante me envolvendo como um cobertor molhado. A sensação de algo pressionando meu peito.

Tentei me sentar, mas o peso era grande demais.

Senti que alguém estava segurando um travesseiro sobre meu rosto. Estendi as mãos cegamente, tentando empurrá-lo.

Mas não havia um travesseiro. Apenas o ar que eu não conseguia respirar e o peso que não conseguia remover.

Confusa, procurei alguma coisa familiar para me tirar do sonho. Não havia nada além de uma silhueta indistinta pairando acima de mim.

Não. Em cima de mim.

Dois olhos cintilavam na escuridão.

Um grito estrangulado ficou preso em minha garganta quando a pressão sobre o peito se intensificou e o quarto começou a se desvanecer...

Sons me trouxeram de volta: um estrondo, batidas na escada, vozes. As luzes do corredor se acenderam, e finalmente vi o que se escondia por trás daqueles olhos luminosos.

Elvis, deitado sobre meu peito, com a boca aberta e os olhos fixos nos meus.

Respirei fundo, mas, mesmo assim, não havia ar. As orelhas de Elvis se achataram contra a cabeça, e ele expôs os dentes como uma cobra prestes a dar o bote.

A porta do quarto bateu contra a parede, e alguém gritou:

— Atire!

Elvis se virou na direção da voz, e uma lufada de ar queimou meus pulmões. Havia um homem parado no vão da porta segurando algo preto.

Quem...

Ele ergueu o braço.

Aquilo era uma arma?

Um tiro ressoou, e o peso sumiu. Eu me sentei, arfando e engasgando com o ar de que meu corpo precisava tão desesperadamente. Uma névoa pegajosa caía sobre tudo, fazendo meus olhos arderem, e os fechei com força.

Quando os reabri, fiquei perplexa demais para soltar um pio.

Ao pé de minha cama, uma garota flutuava no ar sobre o corpo de Elvis. Pálida e magra, com o rosto desfigurado por contusões e cortes, e o cabelo louro caindo em cachos embaraçados.

Pés descalços pendiam sob a camisola branca.

Era a garota do cemitério. Os olhos vermelhos encontraram os meus, petrificados em um instante de puro terror. O pescoço da garota tinha duas marcas roxas, impressões perfeitas das mãos que deviam tê-la matado.

Um segundo tiro atingiu o corpo da garota estrangulada, e ela explodiu. Milhões de partículas minúsculas flutuaram no ar como poeira antes de sumirem completamente.

Mãos tocaram meus ombros.

— Você está bem?

Nossos rostos estavam a apenas centímetros de distância. Era um garoto mais ou menos da minha idade usando uma jaqueta de náilon preta estilo aviador.

Eu me arrastei rapidamente para trás.

— Quem é você?

— Meu nome é Lukas Lockhart, e aquele é meu irmão, Jared. — Ele olhou para um cara parado perto da porta de jaqueta verde do exército com o nome LOCKHART em uma etiqueta costurada acima do bolso. Havia uma cicatriz clara acima de sua sobrancelha.

Ambos eram altos, tinham ombros largos, o mesmo cabelo castanho desgrenhado e olhos azuis.

Gêmeos idênticos.

O que estava de jaqueta do exército foi até o corpo de Elvis, ainda segurando uma arma coberta de Silver Tape.

A arma que matou meu gato.

Meu estômago se revirou, e saí correndo da cama.

— Espere! — gritou um deles, logo atrás de mim.

A escada no final do corredor era distante demais, e ele estava perto demais. Eu nunca ia conseguir chegar até lá. Mas o banheiro ficava a poucos metros.

Bati a porta atrás de mim e a tranquei.

Um segundo depois, a maçaneta foi chacoalhada.

— É o Lukas. Nós só queremos ajudar.

Eu não conseguia pensar direito. Algo que parecia uma garota morta tinha acabado de explodir no meu quarto, e agora eu estava sozinha em casa com dois homens que não conhecia. Sem dúvida tinham salvado minha vida...

Mas um deles está armado.

— Vocês mataram meu gato.

— Ele não está morto. Fugiu pela janela. — A voz dele era tranquilizadora e suave, o que só me deixava mais ansiosa. — Eram balas de sal líquido.

Ofeguei, lembrando-me da névoa pegajosa em meu quarto.

— Então ele está bem?

— Seu gato deve ter se apavorado — disse ele. — Mas estava vivo na última vez em que o vi.

Lágrimas de alívio correram por meu rosto.

— O que era aquela coisa que estava dentro dele?

Pensar na expressão atormentada da garota e nas marcas escuras em seu pescoço fazia minha pele pinicar. Algo horrível devia ter acontecido com ela, ou o que quer que fosse.

Houve uma longa pausa, seguida por sussurros do outro lado da porta.

— Era um espírito vingativo — disse Lukas. — Eles se manifestam quando uma pessoa sofre uma morte violenta ou traumática.

Pensei na noite do cemitério e na caminhada até em casa, quando tentei me convencer de que não vira uma garota flutuando em meio aos túmulos.

— Um espírito? Quer dizer, um fantasma?
— É. Um fantasma muito irritado. — Outra voz atravessou a porta. Essa era mais dura, como se a gentileza tivesse sido eliminada a marteladas. O irmão de Lukas... Qual era mesmo seu nome? Jared.
— Acho que já o vi antes... o fantasma.
— Quando? — Jared pareceu preocupado.
— Há um mês, no cemitério que fica a alguns quarteirões daqui. — Mais sussurros. — O que queria comigo?

Eles ficaram em silêncio por um instante antes de Lukas responder.

— Ela estava usando o gato para roubar seu fôlego. Espíritos vingativos ficam zangados ou confusos com a própria morte, então atacam os vivos.

A imagem de Elvis deitado sobre o peito de minha mãe me passou pela cabeça, e uma onda de enjoo atingiu meu corpo. Ela não morrera de ataque cardíaco.

Mal tive tempo de chegar ao vaso sanitário antes de vomitar.

Alguém bateu de leve na porta.

— Você está bem?

Minha mãe estava morta, e, segundo dois desconhecidos, um espírito enfurecido a assassinara. O mesmo que tinha acabado de tentar me matar.

— Como o espírito entrou no meu gato? — Era ridículo. Mas ainda sentia a pressão insuportável sobre o peito.

— Provavelmente fugindo da tumba. Um animal passa sobre um túmulo recente, e o espírito pega uma carona. — Era Jared, o que tinha a arma.

Imaginei Elvis passando sobre o túmulo da garota e uma mão fantasmagórica se elevando do solo, agarrando sua pata peluda. Não podiam estar falando sério.

— Parece uma superstição maluca.
— Essa superstição quase matou você — disse Jared.
Pressionei as palmas das mãos contra os olhos.
— Bom, agora estou bem. Podem ir.
— Não é seguro, Kennedy. É melhor vir conosco.

Apesar do que aconteceu no quarto, dois homens tinham invadido minha casa e estavam parados no corredor, armados. Olhei pela janela. Os últimos traços de escuridão desapareciam do céu, mas as calçadas ainda estavam vazias.

— Estou com meu celular — blefei. — Saiam daqui ou vou ligar para a polícia.
— Você vai...
— Estou discando.

Finalmente, ouvi os degraus rangerem.

Não saí até a porta da frente bater. Encostei-me à parede, olhando para a porta do quarto enquanto uma pergunta lutava para emergir do fundo de minha mente.

Como eles sabiam meu nome?

5. BECOS SEM SAÍDA

Por mais alto que ouvisse Velvet Revolver, não conseguia tirar da cabeça a expressão atormentada da garota e as marcas de dedos em seu pescoço. Pior ainda, quando não era seu rosto, era o olhar vazio de minha mãe.

Minha mãe estava morta por causa daquela garota, ou de algo parecido com ela.

A ideia me fez sair correndo de casa logo depois de os garotos partirem. Tinha passado horas procurando Elvis, mas não havia nem sinal dele. Eu duvidava de que fosse voltar para a casa. Pelo menos estava vivo.

Agora eu dirigia sem rumo e sem ter para onde ir numa manhã de sábado.

Quase liguei para Elle, mas o que ia dizer? Dois caras invadiram minha casa e atiraram em um fantasma que tentou me matar? Não tenho coragem de voltar para lá e... Ah, mencionei que perdi completamente a noção da realidade?

Elle olhava nosso horóscopo toda manhã e tinha passado dois dias dentro de casa depois de uma leitora de mãos prever que seu "futuro era incerto", mas dizer que um fantasma tinha possuído meu gato era forçar a barra. Convencê-la de que eu não precisava de terapia para estresse pós-traumático depois da morte de minha mãe tinha sido difícil o bastante.

O sinal ficou vermelho, e fechei os olhos por um momento. Depois da onda de adrenalina, minha cabeça latejava. Respirei fundo e tentei relaxar, quando uma buzina tocou atrás de mim.

Meus olhos se abriram de repente e viram o sinal verde.

Estava exausta demais para continuar dirigindo sem rumo daquele jeito.

Virei na entrada para carros mais próxima. Às 9h30, o estacionamento da biblioteca pública estava praticamente vazio. Talvez eu conseguisse dormir um pouco. Tranquei as portas, incapaz de me livrar da sensação de que alguém, ou alguma coisa, estava me seguindo.

Tentei reconstituir a cena do quarto, mas o fantasma, a arma e as vozes emaranhavam-se em minha mente como uma pilha de colares quebrados. Só me lembrava de fragmentos da conversa com Jared e Lukas.

Algo sobre espíritos enfurecidos? Não... espíritos vingativos. Foi assim que eles os chamaram.

Duas garotas passaram por minha janela com os braços carregados de livros preparatórios de pós-graduação. Saí do carro e as segui para dentro da biblioteca. Precisava de respostas, e aquele era um bom lugar para começar.

Encontrei um computador vago e digitei *espíritos vingativos* no campo de busca. Rolei pelas páginas de artigos, lendo os que pareciam mais legítimos e menos insanos. O consenso entre os investigadores paranormais era bastante consistente em relação à definição: espíritos malévolos que assombram, perseguem ou prejudicam os vivos; em geral vítimas de assassinato, violência ou suicídio; espíritos que podem, ou não, saber que estão mortos.

Lukas e Jared Lockhart não eram os únicos que acreditavam naquelas coisas.

Havia centenas de sites dedicados à atividade paranormal. Na verdade, tinha testemunhado mais em meu quarto que a maioria dos pseudoinvestigadores durante a vida inteira, e, mesmo assim, não parecia possível.

Pesquisar a fuga da tumba foi mais difícil. Era classificada como mito, folclore ou lenda urbana, dependendo do site. Alguns artigos alegavam que, se alguém passasse por cima de um túmulo recente, o espírito podia sair e transformar a pessoa em vampiro. Outros confirmavam a versão de Jared, na qual o espírito pulava para dentro de uma pessoa ou um animal. Era ridículo, mas, mesmo assim, eu ia ficar um bom tempo sem passar sobre um túmulo.

A internet não ia responder a todas as minhas perguntas. Eu precisava descobrir quem eram Lukas e Jared Lockhart, assim como o que estavam fazendo em meu bairro às 5 horas da manhã com uma arma carregada de sal.

Primeiro, tinha de encontrá-los.

Uma busca geral pelos nomes levou a informações sobre um poeta morto, um brasão de família alemão e o baterista de uma banda punk. Talvez estivesse soletrando errado. Deveria ter perguntado se eles podiam escrever os nomes antes de expulsá-los de minha casa.

— Posso ajudá-la a encontrar alguma coisa? — Uma bibliotecária jovem e de olhar ansioso estava parada atrás de mim.

— Hmm, existe alguma maneira de checar se alguém frequenta uma das escolas de ensino médio locais?

— Não na internet. Mas pode tentar a sala de referências.

— O que tem ali?

A bibliotecária dirigiu-se às estantes.

— Anuários.

Ela me levou para os fundos da biblioteca e destrancou a porta da sala de referências, onde anuários empoeirados de escolas públicas estavam alinhados em uma estante ainda mais empoeirada.

— Avise se precisar de ajuda com mais alguma coisa.

— Obrigada.

Passei os dedos pelas fileiras de volumes de couro com cafonas letras prateadas e douradas, avaliando quanto tempo ia demorar para folhear todos. Lukas e Jared pareciam ter minha idade ou ser um pouco mais velhos, então comecei com os do ano anterior.

Meu celular tocou, e o nome de Elle apareceu na tela.

Tentei fazer a voz irritada e sonolenta que normalmente tinha quando ela me ligava cedo.

— Oi.

— Estou morrendo de fome. Quer tomar café? — As últimas seis horas pareceram surreais quando ouvi sua voz.

— Ainda tenho um monte de coisas para empacotar. — Lutei contra a vontade de contar tudo a ela. Mesmo se tivesse certeza de que acreditaria em mim, o que não era o caso, sem dúvida aquilo merecia uma conversa cara a cara. — Vamos nos encontrar quando eu terminar.

Depois, talvez, lhe conte sobre o fantasma que tentou me matar.

— Tenho ensaio até as 9 da noite hoje, lembra? Não posso faltar de novo ou a substituta vai tentar roubar meu papel. — Elle tinha conseguido o papel principal no musical da escola e desenvolvido uma paranoia doentia em relação à substituta. — Pode ir comigo e testemunhar em primeira mão o quanto é ruim.

— Tentador, mas passo. Vejo você na sua casa às 9h30.

Elle hesitou.

— Você está com uma voz estranha. Está tudo bem?

Está tudo completamente ferrado e confuso, e nem um pouco bem.

Respirei fundo.

— Sim, estou bem.

— Não se atrase. É sua última noite. — Desligou antes que eu tivesse tempo de me despedir.

Pegando um anuário branco sujo de cima da pilha, folheei páginas de jogos de futebol americano e fotos espontâneas do baile de boas-vindas até chegar às fotos de turma.

Gêmeos idênticos não seriam difíceis de encontrar.

Se descobrisse qual escola Jared e Lukas frequentavam, talvez conseguisse encontrar um e-mail ou número de telefone. Era querer muito, mas eu precisava fazer alguma coisa, tomar o controle de uma situação que parecia totalmente descontrolada.

Quando fechei a última capa de couro enrugada, estava escurecendo lá fora, e eu não sabia mais sobre Lukas e Jared Lockhart do que quando tinha começado.

Deveria estar em casa empacotando minhas coisas. Um motorista ia me levar ao aeroporto de manhã, um fato que aceitara antes de descobrir o que realmente tinha acontecido com minha mãe.

⇥ • ⇤

Parei na única vaga da rua diante de minha casa, deixando o motor em ponto morto enquanto ouvia os últimos versos de "Inbetween Days", do The Cure. Meu mundo estava assim. Preso entre os dias anteriores a sua ruína e os que eu estava vivendo.

Saí do carro, e minha garganta ficou seca.

Apesar da porta verde-bandeira e dos buxinhos podados na entrada, quando olhei para a casa, tudo o que consegui ver foi a garota morta em meu quarto.

Será que havia outros espíritos lá dentro? Podiam me prejudicar se eu estivesse acordada?

Virei as costas, tentando reunir coragem para voltar ali para dentro.

Uma van preta estava estacionada do outro lado da rua, virada para a mão oposta. Parecia uma daquelas usadas por assassinos em série para sequestrar as vítimas. O motorista percebeu que eu olhava, e se afastou rapidamente da janela.

Abordar um carro estranho parecia loucura, mas havia vários alunos da universidade na calçada. Nem mesmo um psicopata ia me sequestrar diante de testemunhas. Passei rapidamente os olhos pela placa só por precaução: AL–0381.

Meus joelhos estavam trêmulos quando bati na janela do motorista.

Ela se abriu lentamente.

Jared Lockhart olhou para mim, ainda usando a jaqueta verde do exército.

Eu devia estar em um grave estado de choque na noite anterior, porque não me lembrava do quanto ele era lindo. Olhos azuis intensos e lábios carnudos equilibrados por imperfeições obtidas em uma ou duas brigas, evitando que fosse um garoto bonito comum.

— Há quanto tempo estão aqui fora? — Eu não conseguia acreditar que tinha passado o dia inteiro tentando encontrar os dois irmãos e eles estavam sentados diante da minha casa.

Jared deu de ombros timidamente.

— Algum tempo.

Lukas se inclinou para a frente no banco do carona, rolando uma moeda prateada entre os dedos.

— Que bom que está mais feliz por nos ver desta vez.

— Desculpem por ontem. Mas jamais tinha visto nada parecido com aquilo.

Lukas me lançou um meio-sorriso.

— Desculpas aceitas. Ainda bem que chegamos naquela hora. — Ele parecia sincero, e relaxei um pouco.

— Vocês apareceram do nada — falei. — Como sabiam que eu precisava de ajuda?

Os olhos de Jared correram de mim para o irmão.

— Ouvimos você gritar — respondeu Lukas, de imediato. — Sua janela estava aberta, lembra?

Como eu podia esquecer? O esforço para respirar, a pressão sobre o peito, quase ter sufocado. Gritar era a única parte de que não me lembrava. Não estavam me contando tudo. Eu simplesmente não sabia por quê.

— Vocês andam com uma arma cheia de sal e atiram em fantasmas todas as noites?

Jared se ajeitou no banco, pouco à vontade.

— É meio que um hobby.

Um hobby? Parecia que ele estava falando de videogames, e eu não tinha coragem de entrar em minha própria casa.

— Mas agora estou segura? Digo, não tem mais nada na casa, não é?

Jared franziu as sobrancelhas, e a cicatriz sumiu entre as rugas de preocupação de sua testa.

— São duas perguntas diferentes.

O sorriso de Lukas se desfez.

— Jared, precisamos lhe contar. Ela está em perigo.

Minha pele gelou.

O que havia lá dentro? Os fantasmas de outras garotas mortas?

— Achei que tivessem se livrado do espírito.

— Nós nos livramos. — Jared observou a escuridão crescente. — Mas ele vai mandar outros.

— Quem? — Minha voz vacilou.

Lukas parou de rolar a moeda e olhou para mim.

— O demônio que está tentando matar você.

6. CANÇÃO SINISTRA

— Deixe-me ver se entendi direito. Um demônio está mandando esses espíritos vingativos para matar pessoas?

Era difícil acreditar que estávamos tendo aquela conversa na mesa em que eu comia cereal toda manhã. Não que nunca tivesse considerado a possibilidade de existir fantasmas, sobretudo depois da morte de minha mãe. Queria imaginá-la em algum lugar melhor. Mas um espírito vingativo possuir o gato e assassinar minha mãe ficava em um nível completamente diferente. E agora falávamos de demônios.

Lukas me observava do outro lado da mesa, avaliando minhas reações.

— O demônio não os está mandando atrás de uma pessoa qualquer. Quer que matem pessoas específicas. E você é uma delas.

Aquilo não fazia sentido.

— Por que eu?

Desde que entrara, Jared andava de um lado para o outro da cozinha como um animal enjaulado. Parou e se virou para o irmão, trocando com ele uma pergunta silenciosa. Lukas assentiu, e Jared tirou alguma coisa do bolso. Uma folha amarelada de pergaminho puído, com dobras tão profundas que quase se despedaçou ao ser aberta.

Jared deslizou o papel sobre a mesa.

— Já viu isto?

Um símbolo desenhado à mão preenchia o centro da página. Ele me fazia lembrar de uma estante de partitura com duas linhas curvadas para cima, cada qual terminada em um triângulo, como o rabo do diabo.

— Não.

— Tem certeza? — Os olhos de Jared estavam fixos em mim.

Claro que tinha. Uma imagem básica composta de três linhas contínuas não era difícil para uma memória como a minha. Embora não fosse admitir isso para eles.

Estudei o símbolo por educação.

— Eu me lembraria de algo assim. Vocês vão me dizer o que é?

— É um selo. — Lukas tirou do bolso a moeda prateada com a qual brincava antes. Parecia uma moeda de 25 centavos, mas a imagem era diferente. Seus dedos subiam e desciam em um ritmo constante, rolando a moeda de um lado para o outro. — Todo demônio tem um selo único, como uma assinatura, que é usado para convocá-lo e comandá-lo. Este pertence a Andras.

Agora o demônio tem nome?

Quando Jared foi pegar a página, sua mão roçou a minha. Ele se retraiu como se fosse alérgico ao contato humano e enfiou as mãos nos bolsos.

— Já ouviu falar dos Illuminati? — perguntou Lukas.

O nome era familiar. Era um daqueles grupos conspiratórios que apareciam toda hora no History Channel.

— Como os Cavaleiros Templários?

— Ambas eram sociedades secretas, mas os Templários lutavam *em prol* da Igreja Católica e os Illuminati queriam destruí-la.

Fiz uma pausa antes da pergunta seguinte, testando as palavras em minha mente. Era impossível fazê-las soar direito.

— O que eles têm a ver com o demônio?

Aquele no qual não sei se acredito? Aquele que está tentando me matar?

— Vou contar a versão resumida, mas só faz sentido se eu começar do início.

Fiquei quieta, encorajando Lukas a continuar.

— Em 1776, quatro homens da Bavária formaram os Illuminati. Queriam derrubar os governos e as igrejas para poder criar uma espécie de nova ordem mundial. Voltaram sua atenção para a Igreja Católica e chegaram à conclusão de que matar o papa seria um bom começo.

— Então eram loucos?

— Basicamente. — Lukas se debruçou para a frente, apoiando os braços na mesa. — A Igreja formou a própria sociedade secreta: a Legião da Pomba Negra. Eram cinco padres excomungados que tinham ordens para destruir os Illuminati.

Eu me perguntei se Lukas não assistira demais àquele tipo de documentário.

— Por que foram excomungados?

— Por várias razões. — Ele me lançou um meio-sorriso constrangido. — Digamos que não seguiam as regras.

— Cinco pessoas não parecem uma legião.

Jared parou de andar.

— É uma referência à Bíblia. Jesus encontrou um homem possuído e ordenou que o demônio lhe dissesse seu nome. O demônio disse: "Meu nome é Legião: pois somos muitos."

— A voz grave de Jared ficou mais baixa. — Os padres se autodenominavam Legião para lembrar o que estavam combatendo. E o que deviam se tornar para vencer.

Eu não sabia onde eles queriam chegar com aquilo.

— Mas houve um problema — disse Lukas. — Como ninguém conhecia a identidade dos integrantes dos Illuminati, era impossível detê-los. Então a Legião recorreu a um grimório.

— Um o quê?

Ele me observou por um instante antes de responder.

— Grimórios são textos que fornecem instruções para se comunicar com os anjos... ou convocar e comandar demônios. A Legião usou um deles para invocar Andras.

Anjos? Convocar demônios?

Olhei para ele, sem palavras.

Lukas se aproximou dos armários vazios e os vasculhou, desencavando uma caneca de café esquecida. Ele a encheu de água da pia e a entregou a mim.

— Sei que talvez pareça inacreditável...

— Você acha que *talvez* pareça inacreditável? — Eu me levantei e me apoiei na geladeira, que estava atrás de mim, uma estranha sensação de espalhou por minhas costas. —

Que parte? O fato de que demônios existem ou de que um deles está tentando me matar?

— Falando assim parece meio idiota mesmo — disse Lukas. — Mas não deixa de ser verdade.

Antes que eu tivesse a chance de responder, o rádio da bancada ligou. O sintonizador girou, e o ponteiro percorreu as estações, transformando fragmentos distorcidos de vozes e músicas em uma única progressão.

"Há um alerta de tempestade..."

"... tempestades elétricas cruzando o céu..."

"... três mortes relatadas..."

"... mortos tragicamente..."

"... procurando salvação..."

Finalmente, parou em uma música do Alice in Chains, repetindo um único verso sobre o crepitar da estática.

"Ainda não encontrou um jeito de me matar..."

O fio pendia da bancada.

Desconectado.

"Ainda não encontrou um jeito de me matar..."

Lukas estendeu a mão, chamando-me para perto dele.

— Kennedy...

Os armários de madeira começaram a chacoalhar, e a torneira se abriu sozinha com força total. Vapor subia da pia. Jared gritou alguma coisa, mas eu não conseguia ouvir nada além da agourenta mensagem que se repetia sem parar.

"Ainda não encontrou um jeito de me matar..."

Algo metálico reluziu em minha visão periférica. Havia um cepo de facas perto do fogão, bem diante da entrada da cozinha. Não tinha me dado ao trabalho de guardá-lo porque pesava uma tonelada.

Todos os cabos pretos das facas continuavam encaixados nas fendas. Menos um.

Uma faca de carne pairava sobre a bancada. Ela girou devagar até a lâmina ficar virada para Lukas. Por um instante, não se moveu.

"Ainda não encontrou um jeito de me matar..."

A faca disparou pelo ar.

— Lukas! — gritei.

Ele se virou quando a lâmina atingiu o batente da porta, pegando a ponta de sua jaqueta.

Outra faca deslizou do cepo, roçando a borda serreada na madeira ao se soltar.

Jared correu em minha direção.

— Vamos!

"Ainda não encontrou um jeito de me matar..."

O triturador de lixo ganhou vida, espirrando água quente da pia por toda a cozinha. Protegi o rosto com um dos braços e estendi o outro cegamente para Jared.

A segunda faca caiu perto de mim, um estalido de metal contra metal ao atingir a geladeira.

Alguém passou o braço em torno de minha cintura, me arrastando para fora da cozinha. Enxuguei os olhos, com água quente escorrendo pelo pescoço. Vi a jaqueta do exército de relance e me dei conta de que era Jared. Ele estava encharcado, com água escorrendo por seu rosto. Uma forte determinação impelia-o para frente. A mão de Jared agarrava meu quadril, pressionando os dedos contra mim como se nada pudesse soltá-los.

Lukas estava na porta da frente, puxando a maçaneta.

— Não quer abrir.

Olhei pela porta da cozinha. As dez facas remanescentes se desprendiam do cepo uma a uma e se alinhavam no ar.

Seria impossível nos esquivarmos de tantas.

— Saia do caminho. — Jared me soltou e empurrou o irmão para o lado. Ele tirou a arma coberta de Silver Tape de dentro da jaqueta e deu três tiros na base da porta. Os buracos que as balas de sal fizeram na madeira emanaram vapor.

Ele olhou para Lukas, que já estava recuando.

— Precisamos derrubá-la.

Jared e Lukas lançaram-se contra a porta. Os ombros a atingiram simultaneamente, mas as dobradiças apenas rangeram. Recuaram de novo.

Dessa vez, joguei meu corpo contra a porta junto com os deles. Ouvi a madeira estalar, e senti que estava caindo...

Escorreguei pela calçada da frente, queimando as mãos ao arrastá-las pelo chão. Esperei que o mundo ao meu redor parasse de girar antes de me voltar para a casa.

Luzes piscavam ali dentro como uma forma traiçoeira de código Morse.

— Kennedy. — Havia medo e pânico nos olhos de Jared. Ele agarrou minha mão, puxando-me para cima. — Precisamos chegar à van.

Lukas já estava na metade do caminho.

Eu não conseguia tirar os olhos da casa enquanto corria. Estava viva... respirando, consumindo, destruindo. As janelas da cozinha explodiram, espalhando vidro por toda a calçada.

Jared abriu a porta da van com força e me empurrou pelo banco na direção de Lukas. Diante da casa, o ar começou a se mover como uma onda se afastando da praia; sugava vidro quebrado, madeira estilhaçada e vasos de plantas da calçada para dentro de suas mandíbulas enquanto a casa tomava um longo e devastador fôlego.

— Vejam o que está acontecendo. — Os olhos de Lukas se arregalaram.

A força sobrenatural que puxava tudo para dentro parou de repente. No hall de entrada, o ar começou a girar em um minúsculo ciclone. Nosso capacho de boas-vindas e um de meus tênis foram apanhados pelo redemoinho marrom.

Lá dentro, as luzes oscilavam cada vez mais rápido.

Lukas olhou de Jared para a casa.

— Ande logo.

Jared tentava colocar a chave na ignição.

— O que está acontecendo?

Uma onda de ar explodiu do corredor como uma bomba, arrancando das dobradiças o que restara da porta da frente e expelindo tudo o que a casa tinha sugado.

A van se afastou do meio-fio. Olhei pela janela de trás, observando as outras portas da rua se abrirem enquanto minha casa ficava cada vez menor.

Eu estava mesmo indo embora com eles?

Não era mais uma dúvida.

Tinha tomado essa decisão ao perceber que não era apenas uma garota que perdeu a mãe; em algum momento entre a garota de camisola branca, as facas voando e o ciclone na entrada. Era uma garota cuja mãe fora levada por algo sobrenatural.

E algo maligno.

7. A LEGIÃO

— Aquele foi o poltergeist mais violento que já vi. — Lukas olhou pela janela uma última vez, como se esperasse ver mais alguma coisa.

— Foi o único que já viu. — Jared mantinha os olhos na rua, a expressão tensa.

— Pouco importa. Foi muita energia.

Eles se referiam àquilo como se fosse um furacão ou um tornado, mas não tinha sido um desastre natural incontrolável. Fora algo completamente *antinatural*, controlado de um jeito que eu não compreendia. E a julgar pelo comentário de Jared, também não eram especialistas.

Passei os braços em torno do corpo.

— Está com frio? — Lukas fez menção de tirar a jaqueta.

— Estou bem — respondi.

Ambos sabíamos que era mentira. Era dezembro, e eu estava com meu uniforme padrão, jeans skinny preto e uma fina camiseta cinza. Teria matado por um casaco, mas não queria que vissem como estava abalada. Lukas não insistiu.

Talvez ele tivesse percebido como estava me sentindo perdida. Lukas e Jared tinham ao menos algumas das respostas, e eu nem sequer sabia quais eram as perguntas. Mas, depois das últimas horas, estava exausta demais para tentar formulá-las.

Apoiei-me sobre um dos braços, e minha mão escorregou pelo banco, esbarrando na de Jared. As pontas de nossos dedos se tocaram por um segundo. Ele baixou os olhos antes que me retraísse, entrelaçando as mãos no colo, constrangida.

— Então, o que aconteceu? — perguntei.
— Um poltergeist — disse Lukas.
— Como o do filme?
— Parecia um filme? — Um sorriso tranquilizador brincou nos lábios de Lukas. Jared nunca sorria. Com exceção das roupas e da cicatriz de Jared, essa era uma das maneiras que eu tinha para distingui-los.

— Não um filme que eu quisesse assistir de novo. — Tentei relaxar, mas era impossível fazer isso com o corpo espremido entre eles.

— Na verdade, aquele filme foi bastante fiel à realidade. Poltergeists são entidades paranormais que se alimentam de energia, seja elétrica, mecânica ou até humana, e a utilizam para mover objetos, assim como causar danos graves. Ninguém sabe exatamente o que são, mas não são espíritos. — Parecia que Lukas repetia algo que lera em um daqueles sites paranormais.

— Continuo sem entender o que um deles fazia na minha casa.

Ambos desviaram o olhar.

— Vocês apareceram do nada no meu quarto, atiraram no meu gato com uma arma que parecia saída de um videogame e disseram que um demônio está tentando me matar. Podem explicar como sabem disso?

Jared olhou para mim.

— Porque nossa família combate o exército dele há mais de duzentos anos.

— Do que está falando?

— Andras tem a capacidade de influenciar os espíritos vingativos, usando-os para fazer o que ele não pode: ferir e matar os vivos — disse Lukas. — A Legião jurou proteger o mundo desses ataques.

— Como aqueles caçadores de fantasmas da TV?

Jared franziu a testa.

— Mais como exorcistas.

— Achei que exorcistas ajudassem pessoas possuídas por demônios... ou coisa parecida. — Não estava pronta para começar a falar do diabo. Já parecia insana o suficiente.

— Qualquer coisa pode ser possuída: lugares, animais e até objetos — explicou Jared. — E demônios não têm exclusividade nessa área. Os espíritos estão sempre possuindo as coisas, como seu gato.

Eu não queria pensar naquilo. Esperava que Elvis estivesse enroscado diante da lareira da casa de um de meus vizinhos.

Lukas apertou meu ombro com delicadeza.

— Exorcistas são como exterminadores sobrenaturais. Eles se livram de coisas que não deveriam estar onde estão. Para a Legião, é um trabalho em tempo integral.

Como era possível existir o mundo que descreviam dentro do mundo no qual eu passara a vida inteira?

Anjos e demônios? Fantasmas com a capacidade de possuir qualquer coisa que queiram, e uma sociedade secreta de exorcistas...

— Estão me dizendo que um parente de vocês fazia parte da Legião?

— A responsabilidade foi passada pelas gerações, cada membro escolhia um descendente de sangue para assumir o dever quando morresse. Tem sido assim desde a noite em que nossos ancestrais libertaram Andras por acidente.

Por um instante, não respondi. Eu os observei: Jared olhava a estrada com uma expressão séria, Lukas apoiava as botas no painel. Nenhum dos dois parecia louco, e era óbvio que sabiam se livrar de espíritos vingativos. Mas todo o resto parecia uma antiga lenda de família, um mito narrado como se fosse uma história real. Será que os pais deles eram loucos? Teóricos da conspiração que tinham transmitido as crenças insanas aos filhos?

— Acham que a parte sobre o demônio pode ser um mito? Uma forma de explicar por que esses espíritos tentam prejudicar as pessoas?

Lukas tirou do porta-luvas um diário com capa de couro. Pelo menos parecia ter sido um diário algum dia. Agora estava caindo aos pedaços, com recortes e páginas rasgadas saindo por entre a capa desgastada. Ele o abriu, recolocando as páginas soltas no lugar, e o entregou para mim.

— Gostaria que fosse apenas um mito.

A lombada estava solta, e a tinta, completamente manchada em alguns pontos e ilegível em outros. O que eu via era uma caligrafia desbotada de outra época.

— Isto é latim?

— É. — Lukas apontou para a escrita mais clara sob a passagem. — Esta é a tradução.

Konstantin Lockhart
13 de dezembro de 1776

Após cuidadoso exame do grimório, selecionamos o demônio mais adequado para nos auxiliar nesta missão. Andras, o Semeador da Discórdia, que engendra a desconfiança e a desavença entre os homens. Em duas noites, convocaremos Andras, usando o anjo Anarel para controlá-lo, e comandaremos a besta a encontrar os Illuminati e os destruir de dentro para fora.

Que a pomba negra sempre o carregue.

O resto da página estava ilegível por causa de manchas de água e do outro lado não havia nada além de alguns símbolos desconhecidos.

— Tem mais?
— No meu. — Jared tirou um diário da jaqueta, jogando-o em meu colo. Era menor e as extremidades do couro preto estavam descascadas. Páginas soltas também caíam desse. Mas a caligrafia era diferente.

Markus Lockhart
15 de dezembro de 1776

Apesar das cuidadosas precauções, a missão fracassou. Marcamos nossa pele com o selo do demônio para prendê-lo quando fosse convocado. Eu mesmo entalhei o selo no chão da igreja. Cada linha devia ser precisa. Quem dera tivéssemos nos dado conta de que uma delas não ficara.

Convocamos o demônio Andras, mas nossa força não se comparava à de um marquês do inferno. Não havia determinação superior à dele, e seu único desejo era nos matar e abrir os portões do inferno. Um erro apenas libertou um mal maior que todos os pecados da humanidade. Fomos tolos por pensar que podíamos controlar *uma besta tão poderosa, mesmo com o auxílio de Anarel. Agora seu sangue está em nossas mãos.*

— Não entendi. Andras matou o anjo? — Não conseguia acreditar que estava fazendo essa pergunta. Mas a escrita desbotada, os estranhos símbolos desenhados à mão e as impressões digitais nas páginas amareladas tornavam a narrativa mais plausível.

Lukas se recostou no banco com os ombros curvados.

— Ninguém sabe. Só temos partes dos diários e da história. Tudo o que sabemos é que a Legião encontrou uma maneira de conter Andras.

— Mas, quando um demônio prova este mundo, passa a querer mais. — Jared apertou o volante, com a expressão sombria. — Andras se contenta com a vingança.

— E aquele livro... o grimório? Não pode ser usado para mandá-lo de volta?

— Ninguém sabe o que aconteceu com ele — disse Lukas.

— Está dizendo que não existe um meio de detê-lo?

Jared balançou a cabeça.

— A essa altura, fazemos um controle de danos. Destruímos os espíritos vingativos que Andras manipula para impedirmos que realizem seu trabalho sujo.

Eu me dei conta do que diziam.

— Você não está falando que vocês dois...

Lukas me interrompeu.

— Konstantin e Markus eram primos, e cada um deles escolheu um parente de sangue para tomar seu lugar. Então duas pessoas de nossa família sempre estiveram na Legião. Nesse momento, essas duas pessoas são Jared e eu.

Ele não podia estar falando sério, não depois do que eu tinha testemunhado em minha casa.

— Seus pais deixam vocês exorcizarem fantasmas? Não existe uma idade mínima para isso ou coisa do tipo?

— Nossos pais estão mortos. — Jared se contraiu, mas a voz não revelou nem um pingo de emoção.

Minha garganta ficou seca quando ouvi a palavra, e pensei em mais pais mortos.

— Sinto muito. Mas não seria melhor outra pessoa cuidar disso? Está na cara que é perigoso.

Jared entrou em uma viela cheia de armazéns com portas de metal amassadas.

— Não existe mais ninguém. É nossa função.

— Sua função? — Ele falava como se fossem entregadores de pizzas.

Lukas me observou com os olhos azuis intensos que compartilhava com o irmão.

— É o que nós fazemos, Kennedy. Nosso pai escolheu Jared, e nosso tio me escolheu. Começamos a treinar quando éramos crianças.

— Alguém tem de cuidar disso. — O tom de Jared era quase de desculpas. — Se não fosse por nós, você estaria morta.

Como minha mãe.

Senti um aperto no peito e inspirei, trêmula.

— Pare o carro.

— O que foi? — perguntou Lukas.

Agarrei a beirada do banco, enfiando as unhas no couro.

— Por favor.

— Está com vontade de vomitar? — Jared parecia preocupado ao guiar a van para a lateral da viela.

Lukas saiu e segurou a porta aberta quando cambaleei para a rua suja. Virei as costas para eles e me concentrei nas brilhantes poças de água que se formavam nos buracos da rua, lutando contra as lágrimas que faziam meus olhos arder.

— Kennedy? — Vi de relance a jaqueta militar de Jared. Eu me virei, tremendo.

— Minha mãe está morta por causa de um demônio que sua família convocou.

Jared deu um passo para trás como se eu tivesse lhe dado um tapa.

— Nossa família não agiu sozinha. Um membro da sua família também estava presente.

8. PROVA

Ouvi as palavras, mas parecia impossível.
— Um membro da sua família também estava presente.
E não havia ninguém para confirmar ou negar aquilo. Minha tia era a única familiar que me restava. Se um de nossos ancestrais fazia parte de uma sociedade secreta, minha mãe nunca teria contado a ela. Mal se falavam, e, quando isso acontecia, sempre acabava em discussão.

Engoli em seco, lutando para manter a voz firme.
— Como você sabe?

Lukas empurrou o irmão para o lado, andando devagar até mim, como se estivesse se aproximando de um animal assustado.

— Sempre existem cinco pessoas na Legião. Há um mês, os cinco morreram na mesma noite. Exatamente da mesma forma. Nosso pai e nosso tio, sua mãe...

Jared se encostou à lateral da van com as mãos enfiadas nos bolsos.

— Você não era a única que tinha um gato psicótico.
— Acha isso engraçado? — disparei.
— Não, não tive a intenção de... — Jared olhou para o chão.

— Entendo que é muito para digerir, mas precisa saber a verdade — disse Lukas.

Eu me limitei a assentir.

— Nossa casa não fica longe. — Lukas me levou para a van, e entrei sem discutir. — Até porque não podemos voltar para sua casa.

Hesitei por um instante.

— Espere. Que horas são?

— São 23 horas. Por quê?

Eu deveria ter me encontrado com Elle às 21h30. Como não apareci, ela provavelmente foi a minha casa. Tentei imaginar o lugar exatamente como estava ao sairmos: a porta arrancada das dobradiças por uma explosão, janelas estilhaçadas, facas enfiadas nas paredes. Considerando a quantidade de gente que abria a porta quando fomos embora, a polícia devia ter chegado antes dela.

A presença da polícia significava uma ligação para minha tia, que me colocaria no próximo avião para Boston se eu voltasse.

Se o que Lukas e Jared falavam era verdade, uma viagem de avião não ia impedir os espíritos vingativos de me encontrar. Não podia arriscar de partir antes de saber como me proteger.

Virei-me para Lukas.

— Preciso fazer uma ligação. Ia encontrar uma amiga, e ela deve estar apavorada.

Ele me entregou o celular.

— Não pode falar nada sobre nós. Não queremos lidar com a polícia.

— Só quero dizer a ela que estou bem. — Disquei o número de Elle, e ela atendeu no primeiro toque.

— Alô?

— Elle...

— Kennedy? Meu Deus! Onde você está? — Ela falava tão rápido que eu mal conseguia entendê-la. — Sua casa está totalmente destruída e...

— Elle? Você está sozinha?

— Estou, por quê? — Sua confiança habitual desaparecera.

— Você não pode contar a ninguém que liguei. Entendeu?

— Tudo bem.

Respirei fundo e tentei parecer calma por ela.

— Escute. Estou bem. Aconteceu uma coisa na minha casa, e uns caras me ajudaram.

— Que *caras*? — sussurrou ela. — Todo mundo está procurando você. Sua casa virou uma cena de crime, e encontrei Elvis perambulando pela rua.

— Você o encontrou? Ele está bem?

— Seu gato idiota está bem. Está no meu carro. — Ela levantou a voz, histérica. — Mas estou no estacionamento da delegacia. Eles praticamente me fizeram contar até o que você comeu nos últimos dois dias. Acham que foi raptada.

— Espere aí. — Apertei "mudo", virando-me para Lukas. — A polícia acha que alguém me sequestrou. Ela deve contar que estou bem?

— Não — respondeu ele rapidamente. — Vão fazer um milhão de perguntas, e ela pode ficar nervosa e deixar escapar alguma coisa.

Voltei para a ligação.

— Elle, não pode contar a ninguém que falou comigo.

Ela fungou.

— Você está fugindo? É por causa do internato? Pode morar comigo se não quiser ir.

Era horrível assustá-la daquele jeito.

— Não estou fugindo. É por causa do que aconteceu com minha mãe.

— O ataque cardíaco? Às vezes essas coisas simplesmente...

— Ela não morreu de ataque cardíaco. — As palavras ficaram diferentes quando as disse em voz alta. Mais verdadeiras.

Por um segundo, Elle não respondeu.

— Do que está falando?

Com um gesto, Lukas pediu que me apressasse.

— Preciso ir.

— Ligue de novo — sussurrou ela, desesperada.

— Vou ligar. — Desliguei, desejando que ela estivesse ali, e, ao mesmo tempo, grata por não estar.

Jared arrancou com o carro, e o diário de Lukas caiu do banco. Peguei-o, passando a mão sobre a capa gasta. A pulseira de prata de minha mãe escorregou para meu pulso.

— Queria ter algo parecido que pertencesse a minha mãe.

Ela saberia o que fazer nesta situação. Eu sentia falta de me sentar na bancada, reclamando da escola, dos garotos e do desenho do momento, que não correspondia a meus padrões, enquanto ela cozinhava. Minha mãe sempre tinha respostas ou, pelo menos, brownies.

Lukas enfiou as páginas soltas dentro do livro.

— Herdei isto quando meu tio morreu. Todos os membros da Legião registram suas experiências em um diário e as transmitem para quem os substitui. Sua mãe também devia ter um.

Os dois ainda acreditavam que ela era um deles, que minha mãe não fora atacada por acaso, mas como retribuição pelo envolvimento de nossos ancestrais na invocação de um demônio há mais de duzentos anos.

Essa devia ser a razão para não terem me deixado para trás em minha casa.

— Ela não era um membro da Legião.

Jared esfregou a nuca.

— Sua mãe morreu exatamente como os outros membros, e um espírito vingativo tentou matar você da mesma maneira. Precisa de uma prova mais clara que essa?

Eu não tinha prova alguma, mas isso me levava a perguntar se ele tinha.

— Algum dos seus diários tinha uma lista ou coisa parecida com o nome de minha mãe?

Jared se reposicionou no banco e fingiu se concentrar na estrada.

— Não existe lista — disse Lukas. — Cada membro da Legião só sabe o nome de um outro membro, não tem informação alguma sobre os três restantes. Era uma precaução de segurança para impedir que algo assim acontecesse.

Não havia lista, nada conclusivo ligava minha mãe ao grupo. Estavam inventando aquilo na hora.

— Minha mãe nunca falou de nada disso para mim, e acabei de empacotar tudo o que ela possuía. Não havia diário algum.

— Talvez esteja escondido — disse Jared. — Nosso pai fez isso.

— Tudo bem. Então por que ela não estava me treinando? — Virei-me para Lukas, torcendo para que ele fosse mais razoável. — Sabem de tudo isso desde pequenos, não é?

— Mais ou menos. — Lukas rolou a moeda prateada sobre os dedos.

— Talvez não fosse a próxima na linha de sucessão — sugeriu Jared. Ele não tinha como saber o quão cruel era dizer aquilo para mim. Nunca tive outra família além de minha mãe.

E se ela tivesse alguma outra coisa por aí... alguma coisa além de mim?

Havia tão pouco a que me apegar que não podia me permitir pensar assim.

— Não existe "próximo na linha de sucessão". Minha mãe não fazia parte disso. O demônio deve ter cometido um erro.

Lukas jogou a moeda no ar e a pegou, fechando a mão ao seu redor.

— O único erro que ele cometeu foi nos deixar vivos.

9. DESVANTAGENS

Passamos o resto do caminho em um silêncio constrangido. Não conseguia conciliar minha vida com os segredos que Lukas e Jared achavam que esta continha. Maratonas noturnas de filmes e catastróficas aulas de culinária que deixavam a cozinha coberta de macarrão caseiro jamais comido: essas eram as coisas que eu e minha mãe fazíamos juntas. Não tínhamos conversas sobre antepassados ou religião.

Meu pai tinha me abandonado, levando nossa herança compartilhada. Não sabia nada sobre ele além de que sua partida destruíra minha mãe, e sabia menos ainda sobre sua família. A igreja era igualmente estranha, um lugar onde meus amigos ficavam presos aos domingos enquanto eu comia panquecas com gotas de chocolate diante da TV. Se minha mãe fosse integrante de uma sociedade secreta incumbida de proteger o mundo de espíritos vingativos, o mundo estaria totalmente ferrado.

Três ruas sem nome depois, Jared parou em um beco, atrás de uma caçamba de lixo transbordando. Escadas de incêndio pretas pairavam sobre as portas. Parecia o tipo de lugar onde se encontraria uma boate underground.

Por que tínhamos parado ali?

Jared pegou uma sacola atrás do banco e segurou a porta aberta. Levei um instante até perceber que era para mim. Saí do carro, calculando mal a distância entre meu pé e o estribo, e escorreguei. Jared segurou meu braço, me equilibrando.

— Obrigada. — Sorri sem pensar. Algo apareceu em seus profundos olhos azuis... uma gentileza que eu não tinha visto antes. Aquilo me pegou de surpresa. Mas logo desapareceu, e ele se virou sem dizer uma palavra.

Lukas estava diante de uma porta de metal, remexendo um molho de chaves.

Talvez fosse um depósito.

Cinco pontos pretos que pareciam o lado de um dado tinham sido pintados com tinta spray acima da fechadura, e uma grossa linha branca corria pela base da porta. Aquilo me fez lembrar do resíduo deixado nas ruas depois que os limpadores de neve passavam.

Lukas percebeu o que eu olhava e apontou para o símbolo.

— Isto é um quincunce, um talismã vodu para proteger o lugar.

Assenti como se soubesse do que ele falava.

— Vocês guardam coisas de valor aqui?

Ele me lançou um olhar estranho.

— Guardamos todas as nossas coisas aqui.

Levei um segundo para entender o que estava dizendo. Tentei esconder minha surpresa, mas não conhecia muita gente que morava em armazéns.

Lukas apontou para a linha branca diante da porta.

— Cuidado para não romper a linha de sal quando passar. Espíritos odeiam sal grosso. — A julgar pela explosão da garota em meu quarto, aquilo era um eufemismo.

Quando entrei, preparei-me para a possibilidade de dormirmos em um prédio infestado de ratos. Mas não poderia estar mais enganada. Canos expostos corriam pelo teto, e pilares de metal cinza saíam do chão. Lençóis brancos pendiam de um fio que percorria a construção, dividindo o enorme ambiente em duas partes.

Uma abertura entre os lençóis revelava quatro colchões bem arrumados e estantes repletas de roupas e livros. Um conjunto de sofá e poltronas estava posicionado ao redor de uma mesa de centro coberta de papéis e latas de refrigerante.

O chão vibrava por causa de um baixo forte, e segui o som de "Icky Thump" do White Stripes até a outra extremidade do prédio.

Aquele lado do armazém parecia um cruzamento entre uma biblioteca e uma metalúrgica. Havia pilhas altas de livros encostadas às paredes, com mapas e desenhos de estranhos símbolos colados acima delas. Outro desenho misterioso fora pintado no meio do chão: um heptagrama dentro de um círculo, com mais símbolos intrincados e desconhecidos entre as linhas. Alguém devia ter levado horas para esboçar algo tão detalhado em uma escala tão grande.

Ferramentas elétricas cobriam todas as superfícies disponíveis: de furadeiras e lixadeiras a chaves de fenda e serras de mesa; os fios de extensão laranja emaranhavam-se no chão. Suportes para armas ocupavam uma parede inteira, mas as armas encaixadas ali não pareciam comuns. A maioria dos canos não combinava com o corpo, como se alguém tivesse soldado duas armas diferentes.

Alguém como o garoto sentado atrás de uma bancada de trabalho com um ferro de solda em uma das mãos e uma arma diretamente saída de um filme de ficção científica na outra.

Um capuz cobria seu rosto pálido, revelando apenas uma tira de franja loura. Imensos fones de ouvido apoiavam-se ao redor de seu pescoço, e ele estava tão absorto no trabalho, assim como na música que retumbava dos alto-falantes, que não percebeu nossa presença de imediato. Quantos anos tinha? Uns 14?

— Ei, vocês voltaram — gritou ele, mais alto que a música, empurrando os óculos de proteção para cima da cabeça, o que só o fez parecer mais novo. — Deem uma olhada no meu trabalho mais recente.

Ele levantou os restos de uma arma automática, arrematada com pinos protuberantes, marcas grosseiras de soldagem e Silver Tape enrolada no cabo. A fita devia ser sua marca registrada.

Por favor, seja normal.

Mas como? O garoto estava construindo armas como se fossem automodelos.

— Pode abaixar isso? — gritou Lukas, apontando para os alto-falantes.

— Tudo bem. — O garoto se inclinou para trás e girou um botão. Ele sorriu para mim e jogou a arma, ou fosse o que fosse, sobre a bancada. — Vocês a encontraram.

Do que ele estava falando?

Jared largou a sacola, e seus ombros relaxaram. Pegou a arma na bancada e assentiu, aprovando.

— Ficou legal.

Lukas indicou o garoto.

— Kennedy, este é o Sacerdote. Engenheiro, inventor, mecânico e algumas outras coisas que ainda não descobrimos.

Sacerdote abriu um sorriso travesso.

— Tecnicamente, sou um gênio, mas prefiro ser chamado de faz-tudo. É mais descolado. Qual é sua especialidade, Kennedy?

— Minha especialidade? — Tinha quase certeza de que ele não se referia a meu queijo-quente.

— É, sabe, combate e armas como o Jared ou engenharia mecânica como eu? Do que você gosta?

Combate e armas? Estava de brincadeira? Nunca vira uma arma até a noite anterior, quando Lukas e Jared apareceram em meu quarto. Agora estava olhando para dezenas. Sacerdote esperava ser impressionado com um talento incrível que eu não tinha. Desenhar não parecia estar no mesmo nível de armas e engenharia.

— Hmm...

Lukas se aproximou e fechou a mão livre sobre o ombro de Sacerdote, apertando-o afetuosamente.

— Vamos falar disso mais tarde. Kennedy deve estar exausta. Tivemos um problema com um poltergeist na casa dela.

Os olhos de Sacerdote se arregalaram.

— Sério? O que aconteceu? Conte.

Lukas contou a história enquanto Sacerdote absorvia cada palavra. Queria todos os detalhes. Era muito poderoso? As facas chegaram muito perto de nos atingir? Eu não conseguia acreditar na reação dele. O garoto estava completamente fascinado por uma situação que teria apavorado a maioria das pessoas, inclusive a mim.

Jared tirou uma caixa de ferramentas de metal preto de cima da geladeira e se sentou no chão, chamando-me com um gesto. Hesitei até que ele abriu a caixa e vi os suprimentos médicos ali dentro.

— Quantos anos ele tem? — sussurrei, indicando Sacerdote com a cabeça.

— 15.

— Quantos anos você tem?

— 17 — respondeu Jared, sem olhar para mim. Esperei que me fizesse a mesma pergunta.

— Não quer saber quantos anos tenho?

— Sei que temos a mesma idade. — Eles deviam ter algum tipo de arquivo sobre mim, cheio de informações que eu não queria que soubessem. Jared pegou um frasco de água oxigenada e um pouco de gaze. — Deixe-me ver suas mãos.

Eu as ergui e agitei os dedos.

— Estão bem.

— Mesmo? — Jared girou meu pulso com delicadeza, revelando um rastro de arranhões ensanguentados na palma. Tentei ignorar o fato que minha pele formigava quando seus dedos a tocavam. Apoiando minha mão em sua perna, ele começou a tirar os minúsculos pedaços de cascalho de minha pele. Foi tão cuidadoso que mal senti.

Não era o que eu teria esperado de um cara que andava fortemente armado e estava sempre sério.

Olhei para os longos cílios. Em qualquer escola, as garotas fariam fila por ele. Será que frequentava uma escola antes da morte do pai? Eu queria perguntar, mas parecia pessoal demais enquanto nossas mãos estavam encostadas uma na outra daquele jeito.

Conformei-me com outra coisa.

— Do que o Sacerdote estava falando quando perguntou sobre minha especialidade?

— Os membros originais da Legião eram experts em diferentes áreas: simbologia, armamentos, alquimia, matemática, engenharia. E essas especialidades foram transmitidas — disse ele. — Talvez tenham mudado um pouco em duzentos anos, mas dá para entender.

— Mais uma prova de que não sou um membro e nem minha mãe era. Não tenho nenhum talento, exceto para o desenho, e minha mãe passava o tempo todo cozinhando.

— Tentei parecer casual enquanto ele terminava de fazer o curativo em minha mão. — Então, a não ser que os espíritos vingativos gostem de arte ou de guloseimas, vocês escolheram a garota errada.

Jared pressionou o último pedaço de esparadrapo contra a palma de minha mão com seus polegares. Levantou o rosto devagar, e seu olhar encontrou o meu.

— Não acho que seja a garota errada.

Sabia que ele não estava se referindo a mim como um garoto normal faria, mas parecia que estava.

— Sacerdote disse que sua especialidade é combate e armas?

Ele examinou a quantidade excessiva de esparadrapo que cobria o curativo.

— Sem dúvida não é primeiros-socorros.

Fingi inspecionar o trabalho, a pele ainda formigando por causa de seu toque.

— O que isso significa exatamente?

Lukas se aproximou e parou diante do irmão, encarando-o.

— Significa que Jared consegue causar um estrago e tanto.

Jared pareceu desconfortável. Jogou o que restava do esparadrapo na caixa de ferramentas e se levantou, desaparecendo atrás da bancada de trabalho sem dizer uma palavra. Lukas tomou o lugar do irmão a meu lado no chão. Eles eram tão parecidos que quase dava a impressão de que Jared ainda estava sentado ali.

— Qual é sua especialidade? — perguntei, quebrando o silêncio constrangedor.

— Padrões.

— Não entendi.

Lukas riu, e percebi uma sutil diferença física entre os dois irmãos. Tinham exatamente os mesmos olhos azuis intensos e cílios longos e retos, mas, quando Lukas sorria, seus olhos se abriam como uma brecha nas nuvens. A tempestade nos de Jared nunca se dissipava.

— Áreas com aumentos de atividade paranormal têm certos padrões: tempestades elétricas, flutuações acentuadas no clima, aumentos drásticos na quantidade de suicídios e crimes violentos. Minha função é encontrar esses padrões, o que, em geral, envolve hackear mainframes de hospitais, estações de TV e departamentos de polícia. — Sua voz tinha um leve tom de desculpas. — Não é tão legal quanto combate e armas, mas não podemos escolher as especialidades. Nós as herdamos do integrante da Legião que nos escolhe.

Lukas fixou os olhos no chão.

— Hackear computadores me parece bem legal — falei.

— Quando eu era criança, meu pai lutava comigo o tempo todo. Até me ensinou a desmontar suas armas e fazer balas de sal. Achei que queria que o substituísse. Mas, quando chegou a hora, escolheu Jared.

Eu me perguntei se aquela era a fonte de tensão entre Lukas e Jared: o pai escolher um filho em vez do outro. A julgar pela expressão tensa do rosto de Lukas, era ao menos um dos fatores.

— Analisar esse tipo de informação deve ser complicado. Talvez seu pai soubesse que você era melhor nisso.

— Parece meu pai falando. — Ele deu um sorriso forçado. — Não faço apenas análise. Também destruo minha cota de espíritos vingativos.

— Hoje, não. — A voz de uma garota ecoou pelo cômodo, grave e autoritária. — Precisa enfiar a cara nos livros e encontrar a Medula.

Uma garota alta elevava-se diante de nós, os braços cruzados firmemente.

— Seu desejo é uma ordem — brincou Lukas. Ele se pôs de pé e me ofereceu a mão para eu levantar. — Kennedy, esta é Alara.

Ela não me pareceu especialmente amigável, usando o que parecia ser uma calça cargo militar autêntica, um cinto de ferramentas de couro e uma camiseta que dizia NÃO FAZEMOS PRISIONEIROS. Mas não foi aquilo que me desanimou. A garota era linda, tinha longos cabelos ondulados, uma pele perfeita cor de caramelo e olhos escuros amendoados. Um piercing de prata na sobrancelha a deixava ainda mais impressionante.

Alara me olhou de cima a baixo, avaliando-me em critérios que eu provavelmente não satisfazia.

— Então você é a misteriosa quinta integrante?

— Eu não...

— Foi por pouco — interrompeu Lukas. — Chegamos bem a tempo.

— É nisso que dá ter gatos. — Alara me lançou um olhar de censura, uma expressão na qual seus traços se acomodaram com facilidade. — Sabia que no folclore de muitas culturas os gatos roubam o fôlego das pessoas?

Não sabia.

— Mas com que frequência isso acontece de verdade? — perguntou Lukas, sem pensar. O rosto ficou pálido na mesma hora.

Alara ergueu as sobrancelhas.

— Neste mês? Cinco vezes. — Um a um, ela contou nos dedos os membros assassinados de nossas famílias.

Virei-me para Lukas.

— Por que tinha um gato se sabia que isso era possível?

— Eles veem espíritos, o que os torna um sistema de alerta conveniente — respondeu ele. — Até agora, essa coisa de gatos-matarem-pessoas-durante-o-sono era mais uma lenda urbana.

— Você não tinha um gato? — perguntei a Alara.

Sua testa se franziu ainda mais, e ela tocou a medalha de prata que pendia de seu pescoço, ostentando mais um símbolo que eu não reconhecia.

— Minha avó era haitiana. Não era boba. O gato deve ter entrado por uma janela aberta.

Quanto mais eu aprendia sobre o mundo invisível que espreitava ao nosso redor, mais desejava voltar a ser alheia a ele. Mas era tarde demais. Até encontrar uma maneira de convencer aquelas pessoas, e o demônio, de que não era a quinta integrante da sociedade secreta de exorcistas, minha vida corria perigo.

— Espere. — Alara me encarou com olhos arregalados quando se deu conta de alguma coisa. — Está zombando de mim?

Qualquer resposta seria errada.

— Ela não sabe nada sobre a Legião — disse Lukas, antes que eu tivesse a chance de responder. — Ninguém contou a ela.

Um arrepio percorreu o corpo de Alara.

— Meu Deus.

Agora ela sabia o que eu era, o que fui desde o começo.

Uma desvantagem.

10. A MEDULA

Lukas estudava um mapa amassado dos Estados Unidos, aberto sobre a mesa de centro enquanto todos os outros folheavam uma pilha de jornais no chão. Eu mal tinha chegado ao armazém e o plano de Alara para enfiar a cara nos livros já estava a todo vapor.

Debrucei-me sobre o mapa.

— O que você está procurando?

— Está vendo isto? — Lukas indicou círculos vermelhos desenhados em torno de várias cidades e povoados: Johnstown, Pensilvânia; Salem, West Virginia; Sugarcreek, Ohio; Wilmington, Delaware; Washington, D.C. — Rastreei surtos paranormais no último mês, e todos esses lugares tiveram muita atividade. Estávamos procurando você, mas, com base nas cidades que checamos antes, percebi que havia um padrão.

Nunca passara pela minha cabeça que tinham procurado em outros lugares.

— Como descobriram onde eu morava?

— Hackeamos os servidores da polícia local e comparamos as cidades com surtos aos registros de mortes. Eu procurava gente mais ou menos de nossa idade que tivesse perdido um dos pais na mesma noite em que os outros membros da Legião morreram. Então pegamos a estrada.

Não conseguia acreditar que eles tinham se esforçado tanto para me encontrar.

— E a escola?

Sacerdote levantou os olhos do jornal, as orelhas cobertas pelos fones de ouvido.

— Estudante domiciliar. O sistema público de educação do norte da Califórnia não atendia minhas necessidades.

Jared deu de ombros.

— Não morávamos no melhor bairro da Filadélfia. Ninguém ligava se os alunos iam à escola. E viajávamos muito com nosso pai, então não ficávamos muito lá.

Alara arrancou uma matéria do jornal que estava em seu colo.

— Simplesmente fui embora. Escolas só para garotas são um saco.

Com seus coturnos, piercing na sobrancelha e esmalte prata lascado, ela parecia pertencer a uma escola de artes. Minha mão coçou ao pensar em desenhar.

Lukas traçou o perímetro das cidades contornadas com o dedo.

— Acho que a Medula pode estar em algum lugar aqui.

— O que é a Medula?

— É a localização do suprimento de energia de Andras em nosso mundo. Mais ou menos sua usina elétrica sobrenatural — explicou ele. — Demônios adquirem poder ao tomar o controle de almas humanas, seja temporariamente, enquanto estamos vivos, ou de forma permanente, depois que morremos. Quanto mais almas controlam, mais poderosos se tornam.

Sacerdote entrou na conversa.

— Mas Andras está preso entre o mundo dele e o nosso. Não pode atravessar a fim de possuir pessoas, nem arrastá-las para seu exército quando elas morrem. Tem de se conformar em influenciar espíritos vingativos e usá-los para causar violência e sofrimento.

— O que cria mais espíritos vingativos para ele controlar — acrescentou Lukas.

Imaginei centenas de almas abatidas, como a da garota do meu quarto, enfileiradas e prontas para a batalha.

Sacerdote soltou o painel de um aparelho que parecia um antigo rádio transistorizado.

— Quanto maiores os surtos de atividade paranormal, mais perto estamos da Medula. Pelo menos, era o que meu avô dizia.

Ele parou de trabalhar e olhou para as próprias mãos. O avô de Sacerdote devia ter sido o membro da Legião que ele substituíra. Era fácil esquecer que eu não era a única que perdera alguém.

Lukas percebeu a reação de Sacerdote e bagunçou o cabelo do garoto. Sacerdote deu um tapa no seu braço, com o começo de um sorriso repuxando os cantos da boca.

— Se encontrarmos a Medula, podemos aniquilar os espíritos que Andras controla — disse Jared. — E interromper seu suprimento de energia.

— Isso vai destruí-lo? — perguntei.

Os quatro outros se entreolharam.

Lukas balançou a cabeça.

— Não, mas vai deixá-lo muito mais fraco. Controle de danos, lembra?

Fiquei escutando-os traçar estratégias, tentando entender os surtos e os círculos vermelhos. O armazém ficava a apenas uma hora de minha casa em Georgetown, mas parecia estar a um mundo de distância.

Precisava falar com alguém que não estivesse rastreando atividade paranormal ou procurando o esconderijo de um demônio.

— Lukas, posso usar o telefone de novo?

Alara ficou alerta na hora.

— Ela não pode ligar para ninguém.

— Não se preocupe. — Lukas ergueu uma das mãos para tranquilizá-la. — Ela só quer dar notícias a uma amiga.

— Amiga? — Alara se sobressaltou. — Você está louco?

— Meu número é bloqueado. Duvido que a amiga saiba rastrear uma ligação.

— E se ela contar a alguém onde estamos? — Alara estava falando de mim como se eu não estivesse ali.

— Eu não faria isso — falei. — Mas caso não ligue, ela vai tentar me encontrar.

Lukas me entregou o telefone.

— Tudo bem. Só tome cuidado com o que diz.

Passei por entre os lençóis presos no teto e me sentei ao lado da geladeira, onde Jared fizera o curativo em minha mão.

O telefone só tocou uma vez antes de Elle atender.

— Alô?

Meu corpo inteiro relaxou quando ouvi sua voz.

— Sou eu.

— Onde você está? Estou totalmente apavorada.

Não sabia por onde começar. Elle jamais tinha duvidado de mim, mas demônios eram um peso e tanto para jogar nos ombros de alguém.

— Preciso contar uma coisa, e vai parecer loucura.

— Não tenho problemas com loucura.

Era como arrancar um Band-Aid. O único jeito era ser rápida.

— Vi um fantasma.

— Viu sua mãe? — Ela não parecia surpresa.

— Não... — hesitei. — Era o fantasma de uma garota morta. Eu a vi no cemitério uma noite e, depois, de novo no meu quarto.

Esperei que ela recitasse uma lista de sintomas de depressão.

— Foi por isso que fugiu?

Essa era a parte difícil.

— O fantasma matou minha mãe e tentou me matar. Sei que parece completamente insano, mas é verdade. *Por favor, acredite em mim.*

Prendi a respiração, esperando que ela dissesse alguma coisa.

— Foi isso que destruiu sua casa? O fantasma? — Era o mesmo tom prático que Elle usava quando me interrogava sobre o último escândalo social da escola. Queria detalhes, o que significava que acreditava em mim.

— Não acha que estou enlouquecendo?

Ela soltou um suspiro dramático.

— Assisti ao *Paranormal Encounters*. Não sou uma completa idiota. Então, foi o fantasma ou não?

— Não, foi... algo um pouco diferente.

— Você reabriu um túmulo? — O tom de voz dela ficou mais alto, e eu praticamente conseguia vê-la gritando ao telefone.

— Não entendo tudo, para dizer a verdade, mas os caras com quem estou entendem.

— Quem são esses caras, afinal?

Eu não queria começar a falar de balas de sal e sociedades secretas. Já estava forçando a barra.

— Eles rastreiam espíritos violentos e os destroem.

— Como os caça-fantasmas?

— Mais como exorcistas.

As molas da cama dela rangeram como faziam sempre que se jogava ali de costas.

— Por favor, não me diga que está possuída.

Quase ri.

— Não estou. Mas os espíritos são perigosos e preciso da ajuda desses caras para me livrar deles.

— De quantos caras estamos falando? — Ela se animou.

— Três, mas um deles só tem 15 anos. — Eu conseguia imaginá-la raciocinando. — Também tem outra garota.

— Quando você volta?

Minha garganta se contraiu.

— Não sei. Mas não pode contar a ninguém que falou comigo, OK?

Ela não respondeu.

— Elle!

— Sabe que não vou dizer nada. — Ela fingiu estar ofendida.

Alara espiou por entre os lençóis.

— Elle, preciso ir.

— Tome cuidado — pediu ela.

— Vou tomar. — Desliguei e encostei o telefone ao peito, imaginando quanto tempo levaria para vê-la outra vez.

Quando voltei, os quatro estavam se preparando para dormir. Entreguei o telefone a Lukas e arrumei as pilhas de jornais. Não queria parecer completamente inútil.

Jared indicou com o queixo um colchão no canto.

— Pode ficar com minha cama. Gosto do sofá.

— Não, tudo bem...

— Gosto do sofá — repetiu ele, com mais firmeza.

Estava cansada e com muito frio para discutir. O armazém era congelante, e eu ainda estava sem uma jaqueta. Esfreguei as mãos nos braços.

Sacerdote percebeu e me jogou um casaco com capuz de sua estante.

— Vai precisar disto. Este lugar é um frigorífico.

Quando enfiei meus braços nas mangas e me deitei na cama, relaxei pelo que pareceu a primeira vez em dias... até perceber que Jared estava voltando.

Talvez tivesse mudado de ideia e não quisesse mais me ceder a cama.

Comecei a me levantar quando ele apontou para os travesseiros.

— Se importa se eu pegar um?

— Claro... quero dizer, não.

Ele levantou as mãos, e sua camiseta se ergueu, expondo alguns centímetros de pele acima da cintura do jeans. Minhas bochechas ficaram quentes, e joguei o travesseiro, esperando que ele não percebesse. Jared ficou ali parado por um instante como se quisesse dizer alguma coisa, mas depois se afastou.

Foi um forte contraste com o meio-sorriso que Lukas me deu ao se jogar no colchão ao lado do meu. Os dedos voavam sobre o controle de um videogame. Ele percebeu que eu o observava.

— É Tetris.

— Ele joga o tempo todo. — Alara passou e revirou os olhos, prendendo o cabelo em um coque solto.

Lukas não tirou os olhos da tela.

— Requer habilidades espaciais e reconhecimento extremo de padrões.

— Sem dúvida — disse ela, com sarcasmo.

Sacerdote riu e fechou os olhos, ainda de fones, enquanto Jared se esticou no sofá. Parecia que estava do outro lado de uma fronteira que ninguém podia cruzar.

Eu me perguntei o que tinha acontecido com Jared, quem o tinha machucado. Mas ele era ainda mais reservado que eu.

Alara desligou as luzes. Ouvi a música abafada dos fones de ouvido de Sacerdote e os sons do Tetris, desejando poder desligar meus pensamentos com a mesma facilidade.

Estava deitada em um colchão dentro de um armazém com quatro pessoas que mal conhecia, quatro pessoas que pareciam saber mais sobre minha vida que eu mesma. Seria possível que também soubessem mais sobre minha mãe?

Meus olhos arderam, e senti que estavam se enchendo de lágrimas, mas não queria permitir que viessem. Se começasse a chorar, talvez não conseguisse parar.

O som da música e do videogame finalmente se desvaneceu, mergulhando o cômodo em silêncio. Deslizei dos lençóis e fui na ponta dos pés até o outro lado do armazém, onde a silhueta dos suportes para armas e estantes de munição aparecia na escuridão. Evidências do quanto eu era despreparada para tudo o que estava acontecendo comigo.

Por enquanto, estava segura, mas não podia ficar ali para sempre.

Lágrimas deslizaram por meu pescoço antes que me desse conta de que caíam.

Sentei-me no chão ao lado da bancada de trabalho de Sacerdote e enfiei a cabeça entre os joelhos. Chorei em silêncio, suprimindo os soluços até minha garganta doer.

— Kennedy? — Alguém sussurrou meu nome.

Cobri o rosto com as mãos.

— Quer conversar? — Era Lukas ou Jared, mas a voz estava tão baixa que eu não conseguia saber qual dos dois. Balancei a cabeça enquanto as lágrimas escorriam por entre meus dedos.

Ele se sentou a meu lado, e senti o cheiro de sal e cobre em sua pele.

— Sei que é difícil. Pirei quando meu pai morreu, e não sabia como íamos conseguir sem ele — disse ele lentamente, em um tom suave e tranquilizador. Percebi que era Lukas, compartilhando algo doloroso para me fazer sentir melhor.

— Eu queria poder voltar atrás. — hesitou ele. — Quero dizer, mudar as coisas.

Minha respiração estava entrecortada, e ele tocou minhas costas com delicadeza.

— Ei, pode olhar para mim?

Balancei a cabeça. Não conseguia parar de chorar e não queria que ele me visse desmoronando.

— Entendo — sussurrou ele, tão próximo que senti seu hálito em meu pescoço. — Não acho que teria conseguido sem o Luke.

Fiquei petrificada.

Não era Lukas que estava com a mão em minhas costas.

Era Jared, o garoto que mal falava, que parecia tão distante.

Não sei quanto tempo ficamos daquele jeito. Enfim, minhas lágrimas secaram, e Jared pegou minha mão, guiando-me pelo armazém. Eu me deitei em sua cama, e ele voltou para o sofá em silêncio. Mas continuei sentindo o cheiro de sal de sua pele.

11. ENGENHO ÓPTICO

Quando acordei, Lukas, Jared e Alara estavam debruçados novamente sobre o mapa. Depois de uma hora passando os olhos por matérias sobre padrões climáticos incomuns e relatos bizarros de eventos inexplicáveis, eu aprendera algumas coisas sobre surtos e atividade paranormal. Minha mente também havia tirado centenas de fotos: de casas abandonadas e cenas de crime mórbidas a anúncios de carros usados, todas classificadas e catalogadas automaticamente.

Sobrecarregada de Medula, me ofereci para ser a assistente de Sacerdote por um tempo. Ele estava determinado a criar as mais brutais armas de caça a espíritos vingativos, para derrotar qualquer coisa que Andras tivesse preparado.

— Segure isto. — Sacerdote me entregou seu maçarico.

— Não acho que...

— É totalmente seguro. A não ser que o acenda.

Como se eu soubesse fazer isso.

— Precisamos de poder de fogo pesado. — Sacerdote estava examinando seu diário em busca de antigos desenhos que pudesse adaptar.

Alara se aproximou usando uma calça cargo larga e uma regata justa que exibia seus braços definidos. Pegou uma caixa de Pop-Tarts da estante de Sacerdote e, antes de sumir outra vez, lançou-me um olhar indiferente sob os cílios maquiados.

— Alara parece ser legal — falei, quando ela saiu do alcance de minha voz.

— Ah... estamos falando da mesma pessoa?

Eu ri.

— Qual é a especialidade dela? Além de intimidação?

— Talismãs. A avó era sacerdotisa de vodu ou coisa parecida. Esqueço o nome certo. Mas Alara é bem durona.

Durona e deslumbrante. Ótimo.

Sacerdote apontou para o diário e foi até a geladeira.

— Continue olhando.

Enquanto virava com cuidado as páginas, algo chamou minha atenção: um minúsculo símbolo escondido em um dos desenhos. Já o havia visto.

Sacerdote voltou com dois refrigerantes.

— O que é isto? — apontei a figura.

Ele olhou para a página.

— Algum tipo de dispositivo ocular.

— Por que tem o selo de Andras?

— Do que está falando? — Ele se aproximou, e indiquei o símbolo. Sacerdote deixou cair as latas, e o refrigerante explodiu pelo chão.

Lukas enfiou a cabeça entre os lençóis.

— O que vocês dois estão fazendo?

Sacerdote olhava para a página, paralisado.

— Chame todo mundo aqui. Agora.

Eles se aglomeraram ao redor da bancada de trabalho para ver a figura, um cilindro mecânico com as palavras *Engenho Óptico* escritas em letra firme em cima.

— É uma das invenções do seu avô? — Jared se debruçou sobre meu ombro para examinar o desenho. Lembrei-me da

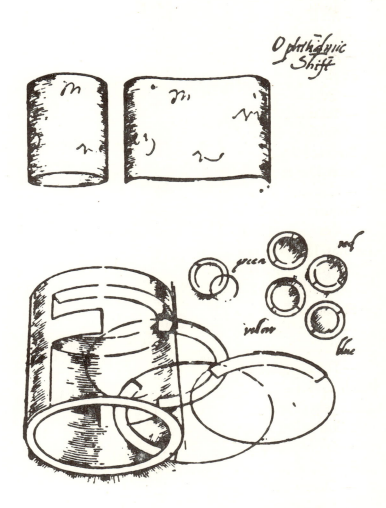

sensação de sua mão em minhas costas enquanto eu chorava, e de seu cheiro... o mesmo que tinha agora. Cheguei para a frente, tentando me afastar um pouco dele.

Sacerdote balançou a cabeça.

— Essa não é a letra de meu avô, e o desenho é muito antigo.

Um pedaço de vidro transparente fora engastado em uma das extremidades, como uma janela. Cinco símbolos recurvados apareciam gravados na parte de fora. Havia quatro outros componentes: discos prateados, cada um com um tom diferente de vidro embutido: azul, vermelho, amarelo e verde. Segundo a figura, os discos eram enfiados dentro do cilindro como bandejas.

Alara girou a argola de sua sobrancelha.

— O que é isso?

— Um dispositivo ocular — disse Sacerdote.

— Em inglês? — Jared se aproximou mais.

Sacerdote indicou o topo do cilindro na página.

— Você olha por aqui, e cada pedaço de vidro colorido ali dentro permite ver uma camada diferente do espectro infravermelho: coisas que não enxergamos a olho nu. Do mesmo jeito que a luz negra capta a cor branca e a intensifica.

— Está dizendo que é um dispositivo de decodificação? — perguntou Lukas.

De onde ele tinha tirado aquela conclusão?

Sacerdote assentiu.

— Bem sofisticado, considerando que é completamente mecânico. Com o tipo certo de tinta, seria possível escrever em quase qualquer coisa, e ninguém conseguiria ver sem esses discos. Alguém que soubesse o que estava fazendo conseguiria criar um código escrito que só pudesse ser decifrado com todas as cinco peças.

Lukas congelou.

— Cinco peças?

— É... — Sacerdote começou a dizer, mas Lukas já estava do outro lado da sala.

— Luke? — chamou Jared. Seu irmão nem sequer diminuiu o passo, e senti o corpo de Jared ficar tenso atrás de mim.

— E jamais tinha reparado nesse desenho? — perguntou Alara, antes de começar um silêncio constrangedor.

Sacerdote lhe lançou um olhar duro.

— Claro que tinha. Mas existem centenas de desenhos aqui. E, como eu disse, essa não é a letra de meu avô. A dele está aqui, no canto de baixo. — A palavra *Lilburn* estava escrita nitidamente no pé da página. — Outro membro da Legião deve ter desenhado isto antes de ele herdar o diário.

— Então por que de repente esse tal Engenho se tornou tão importante? — perguntou Jared.

— Por causa disto. — Sacerdote apontou o selo. — Kennedy o encontrou.

Alara e Jared apertaram os olhos para ver o que minha mente levou apenas segundos para gravar em todos os detalhes. Eles se sobressaltaram quando seus rostos registraram o reconhecimento.

Jared olhou para mim.

— Como conseguiu ver isso?

— Tenho uma visão perfeita. — Não queria contar sobre minha memória bizarra. Talvez Sacerdote achasse legal, mas Alara sem dúvida não acharia muito útil, a não ser que precisássemos fazer uma prova sobre destruição de espíritos vingativos.

— Se o selo está aqui, tem algum significado — disse Alara.

— Tem mesmo. — Lukas abriu os lençóis com uma das mãos, segurando seu diário com a outra. — Ouçam isto: "Cinco peças. Separadas até chegar o dia em que, unidas, finalmente poderemos destruí-lo. Até esse dia, as peças permanecem escondidas do demônio que as persegue. O engenho é a chave." Meu tio leu isso para mim uma vez. Ele achava que era uma metáfora e que as cinco peças representavam as cinco pessoas da Legião, como peças de um quebra-cabeça.

— Mas menciona o Engenho do desenho — falei.

Lukas colocou seu diário na bancada de trabalho para que o restante de nós pudesse ver.

— A palavra *engenho* não está em letra maiúscula aqui. Ele não achava que era um objeto físico.

— "Até chegar o dia em que, unidas, finalmente poderemos destruí-lo". — Alara repetiu as palavras, tentando decifrá-las.

— E se...? — Lukas se debruçou sobre a figura. Segurou as laterais da bancada até os nós de seus dedos ficarem brancos. Finalmente, ergueu os olhos para encontrar os nossos.

— Acho que o Engenho é uma arma.

12. IMPRESSÕES DIGITAIS

Uma arma para destruir um demônio.
As palavras e suas implicações caíram sobre nós.
— Se o Engenho é uma arma, por que a Legião não a usou para destruir Andras? — perguntei.
Sacerdote andava de um lado para o outro diante da bancada.
— Talvez tenha sido criada antes que soubessem onde encontrá-lo.
— É uma possibilidade remota.
Ninguém respondeu. Não iam dar ouvidos à garota que nem sabia que espíritos existiam até dois desconhecidos destruírem um em seu quarto.
Alara virou-se para Jared, esperando sua reação.
— Acha mesmo que existe um jeito de destruir Andras?
— Se nosso pai estivesse aqui, ele diria que...
— Sempre existe um jeito — interrompeu Lukas, em um tom tenso. — Só é preciso encontrá-lo.
Alara apontou para a palavra escrita no pé da página.
— *Lilburn* significa alguma coisa para vocês?
Sacerdote balançou a cabeça.
— Não.

— Precisamos descobrir quem ou o que é Lilburn — disse ela. — E se o Engenho existe, temos de encontrá-lo.

Lukas pegou seu laptop.

— Já estou trabalhando na primeira parte.

Quando ele virou a tela instantes depois, uma mansão gótica com telhados pontudos a preenchia. Uma torre medieval se erguia de um dos lados, com ameias de pedra que não combinavam com o estilo da casa. A manchete dizia *História assombrada retorna à mansão Lilburn*.

— Fica em Ellicott City. — Lukas continuou lendo. — Um negociante de ferro, Henry Hazlehurst, construiu a casa em 1857, e sua esposa e três filhos morreram lá. Não há registros por escrito de assombrações até 1923, quando o novo proprietário demoliu a torre e construiu outra depois de um incêndio. Mas ouçam isto: era completamente diferente da original.

Sacerdote assobiou.

— Já seria o bastante. Espíritos não gostam de obras.

Lukas baixou mais a página.

— Isso é um eufemismo.

— Se importa de compartilhar conosco? — perguntou Jared.

— Um minuto — retrucou Lukas. — Não precisamos cometer mais erros.

As costas de Jared se enrijeceram. A tensão entre eles parecia um elástico prestes a se romper.

— Quero dizer, eu não preciso cometer mais erros.

— O que diz aí? — Alara se meteu entre os dois, e Lukas voltou sua atenção para a matéria.

— Lilburn sempre foi assombrada. Passos na torre, um bebê chorando, uma menininha brincando no corredor... o de sempre.

— O de sempre? — Eles quatro compartilhavam um vocabulário completamente estranho para mim.

— Se estivermos lidando com uma assombração residual — disse Sacerdote. Lancei a ele um olhar vazio. — É como uma impressão digital, energia que fica para trás depois que alguém morre de forma traumática. Pode ser um som semelhante ao de passos ou uma aparição. Mas a aparição não tem a capacidade de interagir com as pessoas porque não está realmente ali.

— O que está acontecendo agora em Lilburn não tem nada de residual. — Lukas entregou o laptop ao irmão sem encará-lo.

Os olhos de Jared ficaram sombrios.

— Duas pessoas quase morreram lá em uma semana. Uma caiu da escada, e a outra, de uma janela do segundo andar. Ambas disseram que foram empurradas, mas estavam sozinhas na casa durante o ocorrido.

— O nome desse lugar está escrito na mesma página da figura do Engenho — disse Alara. — Não é estranho?

Aquela era uma pergunta que todos nós podíamos responder.

⇥ • ⇤

O White Stripes retumbava dos alto-falantes que ficavam atrás da bancada de trabalho de Sacerdote. Dessa vez era "Seven Nation Army" e parecia que ele estava armando o próprio exército. Eu conferia os suprimentos de sua lista, questionando Sacerdote e Alara sobre cada equipamento.

Sacerdote jogou para Alara uma caixa de pregos e me explicou:

— É como fazer as malas para viajar a um lugar com um clima imprevisível.

Eu só reconhecia metade dos itens que Alara enfiava na mala, e não tinha a menor ideia do que planejavam fazer com nada daquilo. Mas estava decidida a descobrir.

Segurei os pregos.

— Imagino que isto sirva para tempestades violentas?

Sacerdote sorriu.

— Ou chuva inesperada, dependendo do espírito vingativo. — Ele entregou a Alara uma balestra ultramoderna com fita adesiva laranja enrolada no cano.

— Podem atirar em espíritos com isso?

Alara franziu a testa. Encontrar o selo de Andras na figura só tinha me valido um perdão temporário. Sentia que ela me avaliava toda vez que olhava para mim, tentando determinar o que minha ignorância lhes custaria.

— Quase todo tipo de arma funciona, desde que se use a munição certa. Balas comuns não ferem espíritos. Só os irritam — disse Sacerdote.

— Seu avô o ensinou a fazer todas essas coisas?

— Sim. Ele conseguia fazer uma arma com uma lata de refrigerante. — Sacerdote examinou uma luva de couro com espinhos que se projetavam dos nós dos dedos. — Preciso fazer um reparo rápido. Alara, coloque isto um instante.

Ela assentiu, olhando para o ferro de solda.

— Não me queime.

Examinei a lista enquanto Sacerdote acendia a chama azul do ferro de solda: pistola de pregos, balestra, espingarda, luvas de proteção, pregos, parafusos, cartuchos, sal, medidores de campo eletromagnético, pilhas, lanternas, maçarico, fones de ouvido. Sorri ao ler o último item e observei Sacerdote trabalhar. Virei a lista, e o lápis que eu segurava começou a se mover, seguindo as curvas de seu rosto, o formato do capuz jogado sobre a cabeça. Mas os característicos fones de ouvido se transformaram em parte de seu corpo, tornando-se um estranho capacete steampunk.

Era bom desenhar, parecia que tinha me reencontrado de repente.

Sacerdote terminou e olhou para mim.

— O que está desenhando?

— Você. — Tracei mais algumas linhas rápidas para finalizar o desenho.

Ele empurrou os óculos de proteção para a testa, colocando-se atrás de mim.

— Uau. Ficou incrível.

Alara esticou o pescoço para ver melhor e olhou novamente.

— Ele está certo.

— Tem muita gente melhor. — Entreguei o desenho a ele e enfiei o lápis atrás da orelha.

— Bom, não conheço ninguém. — Sacerdote arrancou a folha e colocou no bolso. — Vou guardar isto para o caso de você ficar famosa um dia.

Se alguém tivesse dito isso uma semana antes, teria me enfiado no quarto e passado o resto do dia desenhando. Em vez disso, eu estava escondida em um armazém, empacotando munição, esperando apenas sobreviver a mais um dia.

13. FERRO FRIO

Você está prestes a entrar em uma verdadeira casa mal-assombrada.

Com desgastados tijolos cinzentos e uma torre medieval, a mansão Lilburn mais parecia um castelo abandonado em um guia de viagens europeu que o cenário de ataques paranormais. Quer os espíritos da casa estivessem ou não sob a influência de um demônio, duas pessoas quase tinham morrido ali. Eu não estava mais estudando mapas e selecionando armas.

Examinei as janelas do segundo andar, imaginando de qual delas a pessoa tinha caído.

— Você está bem? — Lukas subia a meu lado.

— Estou. — Se fingisse que era verdade, talvez eu acreditasse.

— Eu tinha 6 anos na primeira vez em que vi um fantasma. — Lukas olhava para a casa, mas senti que me observava. — Acordei à noite, e uma menininha estava sentada perto da janela, brincando de cama de gato. Quando o luar atingiu seu corpo, passou direto por ela.

Visualizei a garota com marcas de mão na garganta.

— Você ficou com medo?

— Achei que tinha sido um sonho até vê-la de novo. Estava sentada no mesmo lugar, brincando de cama de gato. Depois do que pareceu uma eternidade, ergueu as mãos, que seguravam um barbante azul entrelaçado, e falou comigo.

— O que ela disse?

— "Precisa entrelaçar os dedos do jeito certo para prender seus sonhos. E não deve perdê-los, porque não são fáceis de reencontrar." Depois desapareceu como se nunca tivesse estado ali. Quando acordei, na manhã seguinte, o barbante azul estava no parapeito, formando uma cama de gato perfeita.

Eu me sobressaltei.

— Eu teria pirado.

— Essa é a parte mais estranha. Não pirei. Era apenas um espírito solitário preso entre mundos. Queria que você soubesse que nem todos são maus. — Lukas tirou algo do bolso. Quando abriu os dedos, estava na palma de sua mão.

Um emaranhado de barbante azul.

— Quero que saiba de outra coisa.

Eu não conseguia tirar os olhos dos fios enredados.

— Sou igual a você, Kennedy. Quero certas coisas. Coisas que não têm nada a ver com a destruição de demônios e espíritos vingativos. — Lukas colocou o barbante em minha mão e fechou meus dedos ao redor dele. — Para você prender seus sonhos.

Ele sabe que estou com medo. Isto não significa nada.

Segurei o barbante e percebi que a cama de gato não servia para prender meus sonhos.

Servia para me prender.

Jared nos viu voltando colina abaixo e parou de descarregar as armas da van. Seus olhos foram do irmão para mim. Eu ia sorrir, mas ele desviou os olhos.

Alara lançou um olhar de censura a Lukas, como se tivéssemos passado a noite fora e chegado com as roupas do avesso. Puxei minha camiseta, sentindo-me desconfortável de repente.

— Como é lá em cima? — perguntou Alara sem se virar.

— Como na foto — disse Lukas.

Alara apontou para um galão de plástico que estava no chão e tinha as palavras *água benta* escritas na frente.

— Pode pegar isso?

Não sabia se ela estava falando comigo, mas peguei mesmo assim.

— Obrigada. — Ela despejou um pouco da água benta em uma garrafa plástica de refrigerante.

— Então isso funciona mesmo?

Alara enfiou a garrafa no cinto de ferramentas de couro em sua cintura.

— Mais ou menos 60 por cento das vezes.

Sistematicamente, ela preencheu as outras aberturas do cinto: uma bolsinha de sal, balas de sal líquido, um pilot preto. Aquilo me lembrava de Elle se maquiando no carro sem espelho.

— Quantas vezes já fez isso? — perguntei.

Alara deu de ombros.

— Com esses caras? Seis.

A não ser que estudar e beijar em meu quarto contasse, eu ainda não tivera nem seis encontros.

Queria perguntar muitas coisas a ela. Os espíritos que assombravam Lilburn teriam a mesma aparência da garota estrangulada de meu quarto? Seriam tão fáceis de destruir?

Lukas e Jared só carregavam uma arma na noite em que apareceram em minha casa. Eles quatro tinham trazido muito mais poder de fogo daquela vez.

— Pense rápido, Luke. — Jared jogou para o irmão a balestra, seguida por uma caixa de papelão rasgada. Lukas abriu a caixa sem dizer uma palavra e examinou os projéteis pontiagudos. Pareciam-se mais balas longas que flechas.

— Legal, não é? — disse Sacerdote. — Dardos de ferro frio. Eu os fiz há alguns dias.

— Por que o ferro tem de ser frio? — perguntei.

— É assim que chamam quando o ferro é moldado sem esquentar. — Sacerdote abriu uma caixa de pregos e carregou uma pistola. — Os espíritos odeiam esse negócio. Ele os destrói ou os queima muito, dependendo de sua força.

— Entendi. — Apontei para os pregos espalhados à volta dele. — Ferro frio?

— Você está pegando o jeito.

Lukas carregou os dardos remanescentes e encheu um dos bolsos de sal. O punho de sua manga escorregou, exibindo o pulso coberto por uma fina camada de sal. Havia um desenho preto em sua pele.

— Isso é uma tatuagem? — perguntei.

Sacerdote olhou de relance para Lukas.

Lukas seguiu meus olhos até o pulso e puxou a manga.

— Não é nada.

— Então, qual é o plano? — perguntou Sacerdote, enquanto entregava a Jared a pistola de pregos.

Jared jogou um punhado de pregos no bolso de sua jaqueta do exército.

— Lukas e Alara verificam a casa. Vamos ficar com a torre.

— Deixe-me adivinhar: eu monitoro a atividade paranormal. — Sacerdote parecia decepcionado.

Jared verificou o gatilho da arma.

— É um trabalho importante.

Sacerdote enfiou um aparelho portátil que parecia um rádio em um dos bolsos de trás e colocou uma calculadora no outro.

— Está planejando fazer o dever de matemática na casa mal-assombrada? — impliquei.

Sacerdote se animou.

— Não precisaria de uma calculadora para o dever de casa, mas elas servem para muitas outras coisas. — Ele foi até Jared e parou a seu lado. Lukas e Alara já estavam juntos.

— Com quem eu vou? — perguntei.

Os quatro se entreolharam. Ninguém reagiu além de Sacerdote, que colocou os fones de ouvido na mesma hora.

— Com ninguém — respondeu Jared, finalmente. — Vai ficar aqui.

Andras era responsável pela morte de minha mãe. Se existisse uma arma capaz de destruí-lo, eu queria ajudar a encontrá-la.

— Vou com vocês.

Jared passou por mim sem dizer uma palavra e contornou a van, sumindo.

Eu estava bem atrás dele.

— Acha que se me ignorar vou simplesmente ficar aqui fora esperando? Não me importo...

Ele se virou de repente.

— Não vou deixar você entrar naquela casa.

— A decisão não é sua.

O olhar de Jared ficou sombrio e encontrou o meu.

— É, sim, se houver um espírito vingativo lá dentro...

— Têm tentado me convencer de que este é meu destino, meu dever, ou seja lá o que for que seus pais lhes disseram para convencê-los a trocar uma vida normal por *isto*. — Puxei o bolso de sua jaqueta, e os pregos chacoalharam ali dentro. — Se sou mesmo uma de vocês, não deveria ver o que estou enfrentando?

Os olhos dele reluziram de raiva.

— Meus *pais* não me disseram nada. Minha mãe morreu dez minutos depois de nascermos. E meu pai me disse a verdade. Você teve a mesma sorte?

Mordi o interior da bochecha.

Jared baixou a voz.

— Não tem o direito de julgar meu pai ou minha vida. O que fazemos é importante. Tem um significado.

Eu queria retrucar com um comentário que o magoasse como ele tinha tentado me magoar, mas não consegui. Por mais diferentes que fôssemos, Jared e eu compartilhávamos o denominador comum mais incomum possível.

— Desculpe, não deveria ter... — Minhas mãos tremiam.

Jared percebeu, e sua expressão se tornou amena.

— Não tive a intenção de gritar com você. Por que quer tanto entrar?

Porque eu não estava apenas caçando espíritos vingativos. Se os quatro estivessem certos, estava seguindo o caminho que minha mãe deixara para trás, o que havia escondido de mim por razões que talvez eu nunca descobrisse. Tinha muitas perguntas que precisavam de resposta.

Será que era mesmo uma integrante da Legião?

E a pergunta que não queria fazer a mim mesma.

Eu sou?

14. PAÍS DAS MARAVILHAS

Os olhos de Jared examinaram os meus, e pareceu que ele conseguia ver os medos que me esforçava tanto para esconder.

— Quando estivermos lá dentro, faça exatamente o que eu disser.

Assenti, nervosa demais para falar alguma coisa.

Quando contornamos a van outra vez, todos estavam esperando. Eu sabia que deviam ter entreouvido toda a conversa. Sacerdote tentou parecer ocupado por educação, mas Alara me encarava diretamente.

Você está bem? Lukas formou as palavras com os lábios.

Dei um sorriso frágil.

— Vamos passar o dia inteiro aqui ou o quê? — Alara foi até a sacola de Sacerdote. Pegou a pesada luva de couro com espinhos de ferro frio e a calçou.

— Vamos embora. — Lukas colocou a balestra no ombro.

Fiz menção de pegar a pistola de pregos.

— Não — disseram todos, quase em uníssono.

— Não posso ir de mãos vazias. Não é seguro.

— Você está certa. — Jared entrou na van e saiu com algo que eu reconhecia.

— Quer que eu use um colete à prova de balas? Os fantasmas vão atirar em mim?

— Isto não detém balas, apenas espíritos vingativos. Sacerdote o alterou. — Jared me entregou o colete, e meu ombro quase se deslocou quando o soltou.

— Está falando sério? Isto aqui deve pesar mais de 20 Kg.

— Substituí as fibras de Kevlar por grânulos de ferro frio. — Sacerdote deu de ombros. — Pesam um pouco mais. Ainda estou aprimorando.

Joguei o colete no chão.

— Não precisa — falei, desejando que fosse verdade.

Sacerdote subiu a escada de Lilburn dois degraus de cada vez e passou o dispositivo portátil sobre toda a porta.

— Não captei nada aqui.

— Ele construiu aquele negócio? — perguntei a Alara.

— É um medidor de campo eletromagnético — respondeu ela. — Não foi ele que o construiu, mas tenho certeza de que o alterou. Sacerdote não confia em nada que não tenha criado. — Ela pegou o próprio medidor, um aparelho retangular com uma faixa de números na parte de cima e um ponteiro no canto. — Os espíritos emitem energia eletromagnética que não conseguimos sentir. Esses aparelhos a captam.

— Acho que também preciso de um.

Alara me entregou uma lanterna de seu cinto de ferramentas com um sorriso presunçoso.

— Regra número um: só carregue coisas que sabe usar.

Mesmo que tivesse de entrar só com uma lanterna de plástico e o conhecimento adquirido em filmes de terror ruins, eu ia entrar, quer Alara quisesse ou não.

Eu me virei, e ela segurou meu braço.

— Só estava brincando. — Ela suspirou e me entregou o medidor. — Se esse ponteiro começar a se mexer, existe uma boa chance de um espírito andar por perto. Considere-se treinada.

Sacerdote se inclinou para trás, examinando os andares superiores.

— Este lugar é muito maior do que parecia na foto. Acham mesmo que podemos encontrar o Engenho?

— Talvez nem esteja aqui — disse Jared.

Lukas se aproximou da casa.

— Está aqui. Só precisamos encontrá-lo.

Com um gesto, Jared chamou Sacerdote da varanda e olhou em minha direção.

— Kennedy, pode verificar a torre comigo e com Sacerdote.

— Ela vem conosco — disse Lukas impetuosamente.

Jared fez menção de dizer mais alguma coisa, mas parou.

— Estava tentando lhe fazer um favor, Luke. Vai precisar ser babá dela lá dentro.

Minhas bochechas queimaram, e olhei para os arranhões nas botas que minha mãe tinha me dado na noite em que morrera. Quanto tempo levaria para que ficassem totalmente detonadas?

Lukas me cutucou com o ombro. Algo dentro de mim relaxou, e um sorriso puxou os cantos de minha boca.

— Ignore-o. Jared sempre causa muitas baixas.

Será que ele estava falando de garotas?

Meu sorriso se desvaneceu.

— Não tem problema.

Ele tocou de leve meu braço quando chegamos à porta.

— Fique perto de mim e, se eu disser para sair da casa, saia. Sem discutir nem olhar para trás. Entendeu?

Assenti, com todos os nervos do corpo à flor da pele.

Lukas quebrou a fechadura com o cabo da balestra.

A porta se abriu. A luz se espalhou pelo hall de entrada, e a poeira cintilou no ar estagnado. Entrei com o coração martelando. Meus olhos seguiram o tapete vermelho gasto escadaria acima.

A porta da frente bateu atrás de nós, e me virei.

Uma sombra escurecia o chão de mármore.

Lukas e Alara se aproximaram dela aos poucos. Esperei que um espírito vingativo partisse para cima deles.

A sombra não se moveu.

Alara se aproximou mais e olhou para cima, pousando os olhos em um enorme candelabro de cristal.

— Acho que está tudo bem.

— Desculpe. — Eu me senti uma idiota.

Lukas chutou uma das caixas meio empacotadas que se espalhavam ao redor de um sofá de veludo na sala de estar.

— Melhor prevenir que remediar, não é?

Alara revirou os olhos e passou um dedo pelo corrimão empoeirado.

— Este lugar me faz lembrar minha casa. Tirando a sujeira. — Ela fixou os olhos em um sofá cor-de-rosa manchado. — E o rosa.

Andei entre as caixas, observando o ponteiro do meu medidor. Havia um espelho de moldura dourada acima do sofá, e o vidro empenado fazia o cômodo parecer deformado.

O ponteiro não se moveu quando os segui para a biblioteca bolorenta do outro lado da escadaria. Lukas parou na porta.

— Se precisasse esconder alguma coisa, eu colocaria aqui.

Revistamos as prateleiras abarrotadas de livros e outras coisas mais estranhas: besouros e borboletas em molduras, vários relógios parados exatamente na mesma hora e suportes de latão para livros, representando personagens de *Alice no País das Maravilhas*. O Gato de Cheshire sorria de uma prateleira alta.

Alara pegou o Chapeleiro Maluco, que segurava um bule quebrado.

— Isso não é nem um pouco bizarro.

Eu não sabia o que era mais perturbador: a réplica perfeita da mansão Lilburn afogada na purpurina grossa de um velho globo de neve ou a imagem de um Chapeleiro Maluco apavorado segurando um pedaço quebrado do País das Maravilhas.

— Talvez esteja em um lugar menos óbvio — sugeri.

Alara olhou para o hall.

— Melhor verificarmos o segundo andar. É lá que toda a atividade foi relatada.

Lukas passou a minha frente de um jeito não muito sutil.

— Estou bem atrás de você.

A escadaria era íngreme. Imaginei alguém chegando ao último degrau e sendo empurrado para trás por uma mão invisível. Apertei o corrimão com mais força. Quando Lukas chegou ao topo, segurou minha mão, puxando-me para o patamar.

Seis portas flanqueavam cada lado do estreito corredor. As paredes entre elas eram cobertas por retratos a óleo de mulheres sob camadas de tecido e garotas em vestidos bem-passados, todas com a mesma expressão desanimada.

O medidor de campo eletromagnético apitou.

— Captou alguma coisa? — A luz vermelha do medidor de Lukas piscava de forma irregular enquanto o ponteiro ia de um lado para o outro.

— Onde está? — Olhei em volta, mas não vi nada.

— Talvez não seja uma entidade paranormal — disse ele.

— Outras coisas podem dispará-los: aparelhos, fios elétricos e até o encanamento das paredes. E essas leituras estão enlouquecidas.

Alara parou e quase batemos contra ela.

— Não acho que seja um fio.

Segui seus olhos até o final do corredor.

Uma menininha com um vestido amarelo de chiffon estava sentada no carpete brincando com uma boneca de porcelana. O cabelo emaranhado da boneca se espalhava pelo chão.

Quando a menina se levantou, o corpo oscilou como a estática de um televisor velho. Ela andou em nossa direção, arrastando a boneca pelo braço atrás de si. Com a pele lisa e corada, não se parecia nem um pouco com a garota morta que flutuava em meu quarto.

— Vieram brincar? — Os olhos da criança se iluminaram, brilhantes e curiosos.

Lukas tentou me empurrar para trás dele outra vez, mas meus pés estavam plantados no chão.

— Claro — respondeu Alara, com cuidado. — De que tipo de brincadeira você gosta?

A criança avaliou Lukas, fixando os olhos azuis em seu pulso. Agiu como se tivesse visto algo através da pele. A bainha de seu vestido amarelo flutuou em um vento inexistente.

O corpo da menininha tremulou, relevando outro rosto sob o seu. Uma velha de olhos vazios nos observava com malícia, o rosto flácido coberto de arranhões. Opaco cabelo grisalho roçava seus ombros, onde um segundo antes estavam as reluzentes mechas louras da menina.

Ela levantou a boneca, cuja cabeça pendia do cordão que a segurava.

O rosto arranhado da velha apareceu sobre o da criança quando ela ergueu mais a boneca.

— Gosto do tipo de brincadeira na qual pessoas como *vocês* acabam *assim*.

15. A MENINA DE VESTIDO AMARELO

O vento ficou mais forte, e o cabelo da menina adejou violentamente ao seu redor. Ela dava um passo de cada vez com os sapatos boneca de couro envernizado, arrastando o brinquedo destroçado. A criança apontou para Lukas com uma voz furiosa que contrastava com os traços inocentes.
— Sei o que você quer.
O vento rodopiava em volta da menina, jogando-lhe o cabelo louro emaranhado contra o rosto.
— Não queremos nada. — Lukas recuava passo a passo com Alara. — Kennedy, saia daqui.
Ouvi as palavras, mas meu corpo não reagiu. E se eu me mexesse e o espírito ficasse ainda mais zangado?
— Vocês não vão ficar com minha boneca! — gritou ela.
— Não estamos tentando pegar sua boneca — prometeu Alara, apertando a medalha de prata que tinha no pescoço.
— Mentirosa! — gritou a menina. — Sei quem vocês são. Ele me disse que viriam.
Lukas ergueu a balestra e a mirou sobre o ombro de Alara.
— Vá! — vociferou para mim.

Dei alguns passos hesitantes para trás.

O rosto da criança se contorceu em um sorriso perverso, e sua forma oscilou outra vez, expondo a velha que espreitava dentro dela.

Pinturas voaram das paredes, molduras pesadas se estilhaçaram contra as costas de Lukas. Ele caiu de joelhos, cobrindo a cabeça, e a balestra escorregou de sua mão.

Os pregos do carpete foram arrancados do chão, bombardeando-nos como facas.

— Ei. — Alara apontou a luva com espinhos para a menina. — Danem-se você e sua boneca.

Os olhos do espírito vingativo se arregalaram, o vestido amarelo rodopiava no vendaval que a envolvia.

Lukas conseguiu ficar de pé e pegou a balestra, erguendo-a outra vez. O dardo voou pelo ar e atingiu o espírito bem no ombro.

A boneca escorregou de sua mão e caiu no chão, despedaçando-se.

Os olhos do espírito se dirigiram para os cacos da boneca. Ela abriu a boca e soltou um gemido desumano.

Uma mesa lateral de madeira afastou-se da parede e veio depressa em minha direção. O tempo se fragmentou quando imagens piscaram diante de mim em uma espécie de stop-motion surreal.

Alara gritando...

Lukas correndo para mim...

A superfície da mesa colidindo contra minha barriga...

O som da madeira se quebrando quando minhas costas bateram contra o parapeito. Senti meu corpo cair, o teto branco liso estava acima de mim.

— Kennedy!

Algo segurou com força meu tornozelo, e meu corpo parou de repente.

O chão oscilava perigosamente sob mim, e pedaços do parapeito se espalhavam sobre o mármore liso. O aperto em meu tornozelo ficou mais forte, e senti que estava sendo puxada. Meu corpo passou sobre a borda do patamar, e Lukas olhou para mim.

— Lukas... — Alara levantou a voz com urgência, e ele se pôs de pé.

Os coturnos de Alara estavam entre mim e os sapatos boneca brancos que marchavam pelo corredor.

O espírito apontava para Lukas.

— Você quebrou minha boneca.

O rosto da velha lampejava atrás do da criança, e o espírito lançou seu corpo no ar. Alara se colocou diante de Lukas, puxando o braço para trás, com pinos de ferro frio projetando-se dos nós dos dedos da mão enluvada. Alara esperou o espírito estar praticamente em cima dela antes de enfiar os espinhos de ferro na barriga da menina.

Os olhos do espírito vingativo se arregalaram, e ela abriu a boca para gritar. Mas não houve som. Seu corpo entrava e saía de foco enquanto pendia da luva de Alara como se fosse outra boneca quebrada.

Lukas ergueu a balestra pela terceira vez e atirou. O dardo atingiu a criança-que-não-era-criança no ombro, e ela explodiu em um milhão de fragmentos de nada.

Então tudo ficou preto.

᚛ • ᚜

— Kennedy? Está me ouvindo? — Lukas estava agachado diante de mim. — Fale comigo.

O ambiente entrou em foco outra vez, e meus pensamentos se recompuseram lentamente. Levantei-me, e Lukas colocou a mão em minhas costas para me dar apoio.

O alívio substituiu o pânico em seus olhos.

— Vá com calma.

— Estou bem.

— Não está, não.

— Onde está Alara?

— Foi procurar Jared e Sacerdote. — Ele balançou a cabeça, a tensão gravada em cada traço do rosto. — Quando caiu, achei...

— Eu deveria ter obedecido quando me pediu para sair.

— Eu não sabia como me desculpar por quase nos matar. — Sei que era importante.

Seus dedos pressionavam levemente a curva de minhas costas.

— Não era o que eu estava dizendo. Encontrar uma peça do Engenho não vale o que podia ter acontecido...

— Espere. Encontrou alguma coisa?

— Sim. Um dos discos de vidro colorido da figura no diário do Sacerdote. — Ele olhou para os cacos da boneca espalhados pelo chão. — Estava escondido dentro da boneca.

— Onde estão as outras peças?

— Não sei. — Lukas correu a mão por minhas costas e apertou de leve meu ombro. — Acha que consegue andar?

Assenti, mesmo não tendo certeza. Parecia que alguém tinha passado por cima das minhas costas com um caminhão.

— Só preciso de um minuto.

Lukas abriu sua jaqueta no chão e recolheu o que tinha sobrado da boneca, jogando os cacos no meio do tecido.

— O que está fazendo?

— Precisamos queimar isto. Se os restos de um espírito não forem destruídos, ele pode voltar. O mesmo princípio se aplica a objetos pessoais. — Ao terminar, Lukas juntou as pontas da jaqueta, formando um embrulho. Quando me levantou, sua mão escorregou para baixo da barra da camiseta, deslizando por minha pele.

— Espere. Você deixou passar um. — Apontei para o fragmento triangular que continha um olho azul de plástico. Havia letras pretas na parte de dentro. — Tem alguma coisa escrita ali.

Lukas o pegou, mantendo um dos braços firmemente ao meu redor, e virou a porcelana quebrada: *Millicent Avery. Middle River, Maryland.*

— O que acha que significa?

— Talvez seja o nome da pessoa que fez a boneca. — Lukas me entregou o caco, e o enfiei no bolso.

Quando ele me ajudou a descer a escadaria, eu me apoiei contra seu peito e ouvi seu coração bater, concentrando-me no ritmo tranquilizador em vez da forte dor nos músculos. Uma onda repentina de medo me percorreu.

E se a menininha não for o único espírito da casa?

No pé da escada, a porta estava aberta, e partículas de luz cinzenta se refletiam no candelabro empoeirado, cintilando pelo chão. Aquilo me fez lembrar do globo de neve com a versão em miniatura de Lilburn presa dentro de algo que um dia fora bonito.

Fui tomada de alívio ao atravessar a soleira da porta.

Emitindo ondas de fúria, Jared contornou correndo a lateral da casa antes de terminarmos de descer os degraus da entrada. Alara e Sacerdote tentavam alcançá-lo. O braço de Lukas ainda estava ao redor de minha cintura, e, de repente, fiquei constrangida.

Ignorando a onda de tontura, eu me afastei.

— O que aconteceu? — perguntou Jared, com a raiva totalmente focada em Lukas.

— O espírito vingativo de uma menininha estava lá dentro...

— Alara disse que você quase a deixou morrer — gritou Jared. Parecia que ele realmente se importava com o que acontecia comigo.

Alara estava perplexa.

— Não foi o que eu disse.

Lukas fechou os punhos nas laterais do corpo.

— Porque ela estaria mais segura com você? Nós dois sabemos que colocar os outros em primeiro lugar não é seu forte.

Jared se retraiu como se o irmão o tivesse socado.

Alara abriu caminho entre os dois. Ela mostrou um disco prateado com um círculo de vidro azul no centro.

— Podem discutir mais tarde. Precisamos encontrar o resto do Engenho.

Jared não se moveu.

Lukas deixou a jaqueta cair no chão, relevando os cacos da boneca.

— Isto precisa ser queimado.

— Tem algo escrito neste. — Tirei o caco do bolso e o entreguei a Sacerdote.

— Gente? — Sacerdote encarou o pedaço de porcelana que tinha na mão.

— E se tivesse acontecido alguma coisa a ela? — perguntou Jared, ainda com os olhos fixos no irmão. — Nós quatro não vamos conseguir sozinhos.

As palavras pairaram no ar por um instante enquanto eu absorvia a verdade. Jared não se sentia responsável por mim. Eu era um recurso para alcançar seu objetivo.

Eu o empurrei para passar, ignorando a dor que subia por minhas costas.

— Gente! — Dessa vez Sacerdote gritou.

Jared se virou.

— O que foi?

O pedaço quebrado da boneca ainda estava na palma de sua mão.

— Esta é a letra de meu avô.

16. UMA RUPTURA NA LINHA

Esperei o sono chegar, mas não conseguia parar de pensar nos últimos dias e no que Jared dissera do lado de fora de Lilburn. Sabia que Lukas e Jared tinham salvado minha vida naquela primeira noite porque estavam convencidos de que era um deles, o quinto membro desaparecido de que precisavam.

Também sabia que, ao entrar na van com eles, eu não acreditava nisso.

Mas entrei mesmo assim. Porque ao contrário de Jared, Lukas, Alara e Sacerdote, estava sozinha. Eles tinham uns aos outros, estavam protegidos pela barreira fornecida pelo pertencimento.

Eu queria desesperadamente pertencer a alguma coisa, enfrentar os demônios reais e emocionais do mundo com alguém a meu lado. Mas era impossível. A única pessoa a quem eu pertencia agora era a mim mesma.

Saindo da cama sem fazer barulho, fui até a janela e apoiei os cotovelos no peitoril. A lua cheia brilhava sobre os telhados, fazendo-me lembrar de minha mãe. Ela dizia que uma lua como aquela era cheia de desejos e que, se um desses desejos pertencesse a você, podia se tornar realidade no auge da lua cheia, quando o ciclo recomeçava. Talvez eu não tivesse tido desejos suficientes.

Dei uma última olhada para o beco e puxei os braços de cima do peitoril. Carregando minhas botas, fui na ponta dos pés em direção à abertura entre os lençóis.

Estava quase na porta quando ouvi uma voz.

— Vai a algum lugar?

Jared estava debruçado na bancada de trabalho de Sacerdote sob o brilho fraco de uma lanterna de emergência.

Claro que está acordado. Provavelmente não dorme nunca.

Calcei as botas e fui até ele. O diário de Sacerdote estava aberto na figura do Engenho. Jared esperou uma resposta, os traços quase etéreos à luz da lanterna.

— Estou indo embora.

— Imaginei. Posso perguntar por quê?

— Não sou um de vocês. — Meu peito se apertou. — Provei isso hoje.

— Porque não conseguiu derrotar um espírito vingativo de primeira?

— Porque quase morri. E Lukas e Alara podiam ter se ferido.

Os olhos vermelhos de Jared encontraram os meus, e, dessa vez, ele não os desviou.

— Acha que é a única que já foi atacada por um espírito vingativo? — Sua voz estava mais grave, mais sua e menos parecida com a de Lukas.

— Não sou?

— Não. E não vai ser a última. — Ele esfregou o rosto.

— Estamos sendo caçados por um demônio. Nós cinco precisamos ficar juntos.

Nós cinco.

Aquelas palavras me doeram outra vez.

— É, deixou isso bem claro hoje.

Ele pareceu confuso.

— Do que está falando?

— Você só se importa com o que acontece comigo porque acha que sou o membro que faltava na Legião. — Lutei para manter a voz firme, mas a raiva que me queimava por dentro vazava por cada sílaba.

— Kennedy, desculpe se eu...

— Chega. — Ergui a mão. Não queria sua piedade. Queria minha antiga vida de volta; minha mãe ou Elle, alguém que gostasse de mim. — Pare de perder tempo e volte a procurar a pessoa certa.

Ele contornou a bancada, parando diante de mim.

— Não acho que estou perdendo tempo.

Tudo o que eu estava me esforçando tanto para controlar se libertou de repente.

— Não sou como vocês. Minha mãe jamais disse uma palavra sobre nada disto, e ninguém da minha família nunca me escolheu para nada.

A não ser que meu pai ter escolhido me deixar conte.

Jared se aproximou mais um pouco, olhando para mim com uma intensidade que me causou um calafrio.

— Isso não quer dizer que não seja a pessoa certa.

Como eu podia contar a ele que meu próprio pai tinha me abandonado sem nem se despedir?

Os olhos azuis de Jared continuavam fixos nos meus, e não parecia que ele olhava para mim. Parecia que olhava *dentro* de mim.

Eu me perguntei o que ele via.

— Talvez queira acreditar que sou eu para poder parar de procurar — falei em voz baixa.

— Está tentando convencer a mim ou a si mesma? — Os olhos de Jared ainda não tinham se desviado dos meus. Ele fez uma pausa, escolhendo com cuidado as palavras. — A Legião é a única maneira de deter Andras. Então, antes de ir embora, é melhor ter certeza. Ou muita gente inocente vai morrer.

Agora eu era responsável pela vida de outras pessoas? Continuar viva já era difícil o bastante.

Senti o peso das palavras.

Antes que pudesse responder, gritos cortaram o silêncio. Vinham da extremidade oposta do armazém.

Jared saiu correndo.

Do outro lado do lençol, Lukas, Sacerdote e Alara se aglomeravam na janela enquanto o caixilho de metal chacoalhava. Um a um, grossos parafusos se desatarraxavam sozinhos e caíam no chão de concreto.

Lukas pressionava as palmas das mãos contra a moldura, tentando mantê-la no lugar.

— Não sei o que aconteceu. A janela tinha sal, mas há uma ruptura na linha.

Era a mesma janela pela qual eu estava olhando havia menos de uma hora.

Uma ruptura na linha.

Levantei o braço lentamente. Uma fina camada de pó branco cobria a parte interna de meu antebraço, do pulso ao cotovelo. Jared percebeu, puxando-me para ver melhor de perto. Ele tocou os cristais e os espanou de minha pele como se esperasse ver algo por baixo.

— Não me dei conta...

Jared me interrompeu.

— Precisamos partir. Agora. — Ele baixou a voz para que ninguém mais conseguisse ouvi-lo. — Não diga nada sobre o que aconteceu. Eu cuido disso.

Alara começou a despejar outra linha de sal no peitoril.

Jared pegou o saco da mão dela e o jogou no chão, espalhando cristais brancos pelo concreto cinzento.

— É inútil. Andras não vai demorar a descobrir este lugar. — Ele se virou para Lukas e Sacerdote. — Peguem o equipamento. Estamos partindo.

Alara me empurrou para passar.

— Primeiro vamos ter certeza de que há um jeito de sair.

A janela balançava apesar do sal recém-despejado. Talvez nada fosse conseguir entrar, mas sem dúvida algo queria. Jared lutava para manter o caixilho no lugar, mas só restavam alguns parafusos enferrujados.

Eu me aproximei do lado solto da janela, mas Jared indicou os lençóis com a cabeça.

— Ajude Sacerdote. Precisamos levar o máximo que pudermos.

Hesitei.

Outro parafuso voou e rolou pelo chão.

Corri.

— Alara, me ajude aqui! — gritou Jared. Alara passou por entre os lençóis segurando uma tigela de aço inoxidável. Pegou um punhado de lama verde-escura e a espalhou pelo vidro na forma de um X.

Passei por Lukas, que jogava braçadas de livros e roupas em mochilas, mas não parei até chegar a Sacerdote.

Duas sacolas estavam abertas sobre a bancada de trabalho, e ele jogava tudo, de armas e ferramentas a pedaços de metal, ali dentro. Peguei coisas das prateleiras de metal, mas não sabia o que levar. Caixas de pregos e munição ou ferramentas?

— É outro poltergeist?

Sacerdote balançou a cabeça, e o cabelo louro caiu sobre seus olhos.

— Não sei. Quer ficar para descobrir?

O som de vidro se estilhaçando ecoou contra as paredes de blocos de concreto.

Jared irrompeu por entre os lençóis com Lukas e Alara.

— Precisamos ir.

Peguei uma das sacolas e corri para a porta. Sacerdote puxou a outra da bancada, e a alça se rasgou, lançando chaves de fenda e munição pelo piso. Ele caiu de joelhos, recolhendo tudo o que podia carregar.

Metal rangeu em algum lugar do outro lado do armazém, mais alto que cem parafusos caindo no chão.

Os olhos de Alara corriam pelo ambiente.

— Não vamos conseguir sair.

Sacerdote abandonou a bolsa rasgada.

— Pegue o tanque.

Jared arrancou um extintor de incêndio vermelho da parede.

— No três. — Ele assentiu para Lukas. — Um, dois, três.

Lukas abriu a porta com força, e Jared correu para fora, pulverizando uma grossa camada de névoa branca ao nosso redor. Em segundos, todos estávamos cobertos com a solução pegajosa.

— Entre na van. — Lukas praticamente me jogou lá dentro.

Jared arrancou com o carro enquanto Sacerdote limpava o sal de seu rosto.

— Esse foi uma fera. Vou ter de fazer mais dessas belezinhas. — Ele tirou algo da sacola encharcada. — Pelo menos peguei meu maçarico. Nunca se sabe quando será preciso incendiar alguma coisa.

Abracei os joelhos e tentei parar de tremer.

Depois disso, não poderia mais sair de fininho no meio da noite para ir à casa de Elle, de minha tia ou para o internato idiota que nunca tinha visto. O demônio já me encontrara duas vezes e ia me encontrar de novo.

Observei o armazém ficar cada vez menor. Em segundos, parecia muito distante.

Outro lugar seguro que não era mais seguro.

17. MIDDLE RIVER

— **P**erdemos muito equipamento, sem contar armas e munição. — Sacerdote se sentou diante de mim na traseira da van, revirando a sacola. Parecia ainda mais novo sob os clarões coloridos dos sinais de trânsito.

— Você pode fazer outras. — O tom de Lukas não foi muito convincente.

— Não sem minhas ferramentas e um lugar para trabalhar.

Meu estômago se revirou de remorso. Queria me desculpar, mas Jared não parava de me lançar olhares pelo retrovisor, lembrando-me em silêncio de não dizer nada. Talvez houvesse uma razão, algo que eu não entendia, como os círculos vermelhos no mapa ou a linha de sal.

Vi as ruas escuras passarem, vazias com exceção de alguns adolescentes amontoados, fumando cigarros sob a placa quebrada de uma loja de bebidas. Seus casacos estavam sujos e rasgados, e os rostos, desgastados de uma forma difícil de definir. Deviam ser fugitivos.

Como eu.

Alara abriu o zíper de uma das mochilas que Lukas pegara ao sair.

— Estou com o caderno da minha avó, com receitas para feitiços e talismãs, mas vai ser difícil repor as ervas e os materiais. Não vendem magnetita e búzios no shopping.

— Não podemos voltar. — O tom de Jared era determinado. — Sacerdote pode fazer mais armas, e vamos repor todo o resto.

Ela o encarou.

— Quer dizer, eu vou repor.

— É você que tem o fundo fiduciário. — Lukas piscou para ela. — Mas os 20 dólares que tenho na carteira estão à disposição.

— Não é um crédito interminável — disse ela. — Só recebo certa quantia por mês.

Lembrei-me de Alara ter dito que Lilburn a fazia lembrar da própria casa. Achei que estava falando das antiguidades e dos candelabros, não da mansão em si.

Sacerdote balançou a cabeça, hesitante.

— Não posso soldar em um lugar qualquer.

— Não se preocupe. Vamos encontrar um lugar. — Jared forçou um sorriso, mas as unhas estavam roídas até o sabugo.

— Podemos escutar música ou algo assim? — perguntei.

Todos gemeram.

Jared balançou a cabeça.

— Não comecem.

— Qual é, toque seu CD favorito para a Kennedy. — Lukas sorriu e se virou no banco, como se estivesse prestes a revelar seu segredo mais obscuro... ou o do irmão. — E estou falando mesmo de um CD.

Jared lhe deu uma cotovelada.

— E daí? A van é velha.

— Assim como o CD. — Lukas apertou alguns botões, e uma música dos anos 1980 retumbou pelos alto-falantes.

Era familiar.

— É de um filme?

Todos caíram na gargalhada.

Jared apertou o controle de volume com a mão livre, conseguindo baixar um ponto para cada três que Lukas aumentava.

— Faça isso parar — gemeu Sacerdote. — Meus ouvidos estão sangrando.

Lukas finalmente desistiu e deixou Jared desligar, mas nem mesmo Alara conseguiu ficar séria.

— É o tema de um filme velho e muito tosco chamado *Os garotos perdidos.*

— O filme é bom — retrucou Jared, o rosto vermelho.

Sacerdote pigarreou e fez uma péssima imitação da voz de um adulto que parecia muito a do meu professor de matemática.

— Ouvi dizer que a trilha sonora é excelente também, garotos.

— Sorte a sua que não sei soldar. — Jared tentou parecer irritado, mas os cantos de sua boca se repuxaram para cima.

Sacerdote jogou o maçarico no banco a meu lado. Seu nome estava soldado no cabo de metal.

— Sacerdote é seu nome verdadeiro? — Estava curiosa desde a primeira vez que o ouvira.

Ele sorriu.

— Não. É meio que uma piada interna.

— Outra piada? Não sei se aguento.

— Essa é boa — disse Lukas. — Na primeira vez que o vi construir uma arma, disse que aquela era uma especialidade estranha para o descendente de um sacerdote. Mesmo que fosse de um ex-sacerdote.

Sacerdote puxou o capuz sobre a cabeça.

— E eu disse que construir armas para caçar espíritos vingativos é uma religião e que sou o sumo sacerdote. Só que posso pegar mulheres.

Todos começaram a rir. Senti que todos nós estávamos relaxando ao mesmo tempo e voltando a ser adolescentes normais, chegando em casa de uma festa para atacar a geladeira, e não desejando que ainda tivéssemos um lugar para chamar de casa.

⇥ • ⇤

— Está vendo alguma coisa?

Sacerdote folheava seu diário e passava o disco de vidro azul sobre as páginas, esperando decifrar frases escondidas no texto.

Eu não esperava, e nós dois sabíamos.

Estávamos sentados no reservado de uma lanchonete perto de Baltimore. Depois de dois waffles e uma xícara de café com canela, eu me sentia normal de novo.

Lukas mexia seu milk shake de morango com um canudo.

— Acho que vou vomitar.

Alara revirou os olhos.

— O que esperava? Está tomando milk shake no café da manhã.

— Quer o resto? — Ele empurrou o copo para ela.

Ela o olhou como se estivesse cheio de óleo de motor.

— Sabe que não como coisas cor-de-rosa.

— É alérgica a morango? — perguntei.

— Não. Só não como nada cor-de-rosa — disse ela, como se fosse totalmente lógico.

— Por que não?

Alara me lançou um longo olhar e esvaziou o que devia ser o décimo saquinho de açúcar dentro de seu café.

— Na minha família, o rosa simboliza a morte. Eu preferiria comer um rato.

Sacerdote apontou para a xícara dela.

— Com muito açúcar.

Jared estava sentado sozinho no balcão, olhando, pela janela, o nada que vemos quando estamos perdidos demais em pensamentos para ver qualquer outra coisa. Eu me perguntei por que estava sozinho. Por que sempre se distanciava dos outros, como se fosse ele o deslocado no grupo.

Ele me pegou observando-o, mas, em vez de desviar os olhos, sustentou meu olhar.

Fui até o banco vazio a seu lado.

— Posso sentar?

— Fique à vontade. — A jaqueta do exército de Jared estava enrolada em seu colo, e ele a retorcia entre as mãos.

Por um instante, nenhum de nós dois falou, o silêncio foi nos aproximando.

— Foi culpa minha. — Eu precisava dizer aquilo em voz alta.

— Não foi.

Olhei pela janela, o estômago revirado. Estava com vergonha de encará-lo.

— Estavam seguros no armazém até eu aparecer.

Ele se inclinou para a frente, apoiando os cotovelos nos joelhos.

— Nunca estamos realmente seguros.

— Pelo menos tinham um lugar para dormir. — Eu me sentia responsável por tudo o que tinha acontecido, até pela morte de minha mãe. E se eu tivesse guiado o demônio até ela de alguma maneira, do mesmo jeito que guiara os espíritos vingativos até o armazém?

Jared esfregou os olhos, e percebi quanto ele estava cansado. Era o tipo de cansaço que ia *muito* além da falta de sono; o tipo que sentimos quando carregamos algo que não podemos largar nem compartilhar.

— Ninguém lhe contou que os peitoris tinham sal. Fui eu que estraguei tudo. — Jared baixou a cabeça e se inclinou para a frente, impedindo-me de ver seu rosto. — Não foi a primeira vez.

— Estragou tudo porque não me contou?

— Não... — Ele entrelaçou os dedos na nuca como se estivesse se protegendo de um ataque invisível. — Esqueça isso.

Ele esticou a mão para pegar a xícara de café, e sua camiseta deslizou, revelando a tatuagem de um pássaro na parte superior do braço. Não era um corvo ou um falcão, que era o que eu esperaria ver gravado na pele de alguém como Jared. O pássaro era quase delicado.

— O que é isso? — Indiquei a tatuagem, roçando sua pele sem querer. Ele se retraiu.

Comecei a me levantar, tentando esconder o constrangimento.

A mão de Jared se fechou em torno de meu pulso, os olhos azuis imploraram.

O calor percorreu meu corpo como uma injeção de adrenalina. Congelei, paralisada por um sentimento que reconheci imediatamente. O mesmo que tinha quando Chris segurava minha mão, e eu só conseguia pensar em sua pele contra a minha e nas emoções que turbilhonavam dentro de mim, o sentimento que me impediu de ver a verdade sobre ele. Chris tinha cicatrizes e feridas, e as tinha deixado em mim.

Eu não aguentava mais.

Jared me encarava, ainda segurando meu pulso.

— É uma pomba negra — disse ele em voz baixa. — Os padres a escolheram porque pombas negras são raras e escassas, como a Legião. E a pomba é a única ave na qual o diabo não consegue se transformar, o que significa que um demônio também não consegue.

Ele me observou, avaliando minha reação.

Sentei-me outra vez, e meu pulso escorregou da mão dele.

— Então acredita no diabo?

— Isso não importa — Jared hesitou. — Ele acredita em nós.

Torci para aquela ser outra informação transmitida por seu pai, e não algo que ele soubesse em primeira mão.

— Vão nos ajudar ou não? — gritou Sacerdote, na outra extremidade da lanchonete vazia.

Lukas olhou para nós. Pareceu decepcionado e virou as costas. Senti uma pontada de culpa. Era difícil me equilibrar na linha que separava os dois, sobretudo porque ela se alterava constantemente. Em um minuto, estavam defendendo um ao outro contra entidades paranormais e, no outro, estavam brigando.

Jared voltou comigo para o reservado e ficou em silêncio.

Alara desviou sua atenção do ofensivo milk shake cor-de-rosa e a voltou para o pedaço quebrado da boneca.

— Middle River. Já vi isso em algum lugar. — Ela examinou seu diário até chegar a uma página que tinha um recorte amarelado de jornal preso no canto. Sobre a matéria havia a foto desbotada de uma moça de vestido florido segurando a mão de um garotinho. — Não acredito. Minha avó me contou essa história umas cem vezes, mas jamais disse o nome da mulher ou onde aconteceu.

Sacerdote se apoiou no ombro de Alara. Aparentemente, era a única pessoa que ela deixava invadir seu espaço pessoal.

— O que foi?

— Um médico rico teve um caso com a costureira que trabalhava em sua propriedade. Seis ou sete anos depois, o homem chegou em casa bêbado e confessou tudo à esposa. Ela perdeu a cabeça e arrastou o filho da costureira para o poço.

"A mãe do menino tentou impedi-la, mas a mulher empurrou o menino pela borda. Ele não sabia nadar, então a mãe pulou atrás dele. Na queda, ela quebrou o pescoço, e o menino morreu afogado. Segundo esta matéria, seu nome era Millicent Avery."

— Acha que uma das peças do Engenho está escondida lá? — Era a primeira coisa que Lukas dizia desde que Jared e eu tínhamos nos sentado.

Sacerdote puxou o milk shake de morango para perto de si.

— A avó de Alara era a única integrante da Legião que meu avô sabia como contatar. Se deixou uma pista para ela em Lilburn, faz sentido que esta indicasse um lugar que a avó de Alara conhecesse.

— Eles eram amigos? — perguntei.

Alara balançou a cabeça, cachos pretos caíram sobre seu ombro.

— Não, a cadeia de informação se move em uma só direção. O avô do Sacerdote sabia o nome da minha avó, mas ela não sabia o dele. O tio de Lukas era o único membro que ela sabia como contatar.

— Nem nosso tio conhecia outra pessoa da Legião além de nosso pai — acrescentou Lukas. — O contato de meu pai era o membro perdido. Ele era a única pessoa da Legião que tinha informações sobre dois membros: nosso tio e sua mãe.

Eu mapeei aquilo em minha mente: do avô de Sacerdote para a avó de Alara; da avó dela para o tio de Lukas e Jared; do tio deles para seu pai; do pai para o quinto membro; e do quinto membro para o avô de Sacerdote. Entendi por que o quinto membro era tão importante. Ele não apenas tornava a Legião mais forte. Aquela pessoa também completava a cadeia de informação.

Olhei para Alara.

— Se sua avó e o avô de Sacerdote não eram amigos, como ele sabia que devia esconder o disco em Middle River? — perguntei.

— Minha avó tinha uma padaria em El Portal, onde morávamos, na Flórida. Às vezes chegavam mensagens. Eram sempre cifradas e vinham em envelopes sem endereço de remetente. Ela as levava para sua verdadeira loja nos fundos, onde fazia seus talismãs, e as decifrava. Talvez ele tenha enviado o artigo sobre Millicent Avery, ou contado que o disco estava lá.

Tentei imaginar viver com as regras e segredos com os quais eles quatro pareciam tão confortáveis. Jared e Lukas tinham um ao outro, mas e Alara e Sacerdote? Será que tinham amigos perto de casa?

Alara tocou o recorte de jornal.

— Minha avó me contou essa história muitas vezes. Dizia que uma boa mãe sempre protege seu filho.

— Talvez Millicent esteja protegendo alguma outra coisa agora — falei.

— Se uma peça do Engenho estiver com ela, sabem o que significa. — Sacerdote balançou a cabeça.

— Que está no poço — terminou Lukas.

Alara jogou um guardanapo sobre o ofensivo milk shake rosa.

— Então é melhor irmos.

Jared indicou com a cabeça a TV presa na parede.

— Quanto antes, melhor — sussurrou ele.

O volume estava baixo, mas uma barra de notícias laranja corria pela parte inferior da tela do programa matutino: ALERTA AMBER — KENNEDY WATERS, 17 ANOS. VISTA PELA ÚLTIMA VEZ EM SUA CASA EM GEORGETOWN. Minha foto do anuário sorria na tela.

Esforcei-me para ouvir a voz do jornalista. "Kennedy Waters tem 17 anos, 1,65 m e 55 Kg, cabelos castanhos compridos e olhos castanhos. Foi vista pela última vez no dia 30 de novembro em sua casa na O Street, Georgetown." Uma câmera trêmula fazia uma panorâmica da minha rua e parava no que tinha restado de meu jardim. Havia policiais por toda parte. Luzes vermelhas e azuis piscavam ao fundo.

Jared colocou a chave da van em minha mão e indicou a porta sem dizer uma palavra. Então foi até o caixa e pediu uma xícara de café para distrair a garçonete enquanto eu escapulia.

Do banco da frente da van, vi Jared flertar com uma mulher velha o bastante para ser sua mãe enquanto Lukas reunia casualmente os diários. Alara vestiu a jaqueta de couro preta, e Sacerdote enfiou seus equipamentos e chaves de fenda na mochila.

Para um desavisado, pareciam quatro adolescentes comuns tomando café a caminho da escola: o cara sobre quem ninguém sabia nada porque ele não deixava os outros se aproximarem; o gênio que tinha pulado três séries e mesmo assim sabia as respostas na aula de matemática; a garota com quem todos os caras queriam sair, mas ficavam intimidados demais para convidar; e o garoto doce que parecia normal, mas que guardava segredos demais para ser rotulado assim. Eu sabia que eles eram tudo e nada disso.

Eles faziam parte de algo maior.

Quando passaram pela porta de vidro, pela primeira vez, imaginei que eu também fazia.

18. UMA BOA MÃE

A propriedade abandonada ficava a alguns quilômetros de Middle River, circundada por uma cerca de arame farpado pregado a uma fileira de árvores marcadas. Um portão fechado por uma corrente enferrujada bloqueava a estrada de terra que levava à casa. Quem quer que tivesse morado ali, claramente não queria visitantes.

Lukas abriu o porta-objetos no piso da van, e Sacerdote pegou uma corda de náilon e um alicate corta-cabos. Levando-se em consideração que ele carregava o próprio maçarico na bagagem, aquele tipo de ferramenta não era uma grande surpresa.

Quem o usou para cortar a corrente foi Alara. Ela jogou os elos quebrados no chão, depois se inclinou e sussurrou alguma coisa para Jared. Os olhos dele voltaram-se de imediato para mim.

— É mais seguro para todos — disse ela, um pouco mais alto que o necessário.

— O que é mais seguro para todos? — Evidentemente, estavam falando de mim.

Alara cruzou os braços.

— Acho que você deveria esperar aqui.

Pensei em Lilburn e no fato de ter ficado petrificada em vez de correr quando Lukas me mandara sair da casa.

— Sei que cometi alguns erros...

— Erros? — disparou Alara. — Quase causou nossa morte ontem à noite.

Minha garganta ficou seca. Ela sabia.

Lukas se virou para Alara.

— Do que está falando?

Ela olhou direto para mim.

— Quem acha que rompeu a linha de sal?

Queria que o chão se abrisse para me engolir. Qualquer coisa era melhor que aquele olhar de Alara. Pensei no registro de Markus no diário e no fato de que um traço errado fora a diferença entre controlar e libertar um demônio. Minha ignorância poderia ter custado a vida deles. Apesar das milhões de imagens inúteis e páginas de livros didáticos que minha memória gravara ao longo dos anos, não tinha ajudado a me lembrar da única informação de que eu realmente precisava.

— Ela não sabia — disse Jared, antes que eu tivesse a chance de falar alguma coisa. — Foi um acidente.

— Eu deveria ter...

Jared me interrompeu.

— Eu disse a ela para não contar nada. Seria inútil.

Por que estava me defendendo?

Lukas se encostou à van, observando o irmão.

— Mesmo assim, deveria ter nos contado. Segredos são perigosos. — Ele fez aquelas palavras parecerem uma ameaça.

Jared ficou em silêncio.

— Eu... sinto muito — gaguejei.

Sacerdote se colocou entre eles.

— Estamos treinando há anos, e Kennedy só descobriu isso tudo há alguns dias. Existe uma curva de aprendizagem.

— Olhem para ela — disse Alara, como se fosse uma acusação. — Seu lugar é em um jogo de futebol americano com um copo de plástico na mão.

Lukas foi até Alara e apertou seu ombro de leve.

— Foi um acidente.

Alara retraiu o ombro, afastando-o, e eles se encararam até parecer que haviam chegado a um acordo silencioso. Mas, mesmo assim, ela não disse uma palavra quando fomos em direção ao portão que ficava entre nós e a colina que levava à propriedade. Nem mesmo quando passamos por cima da corrente quebrada que serpeava pela terra como outra linha que eu não deveria cruzar.

Observei os quatro subirem a colina a minha frente. Quantos erros perdoariam?

Quantos mais eu ia cometer?

Lukas diminuiu o passo até que eu o alcançasse. Mantive os olhos fixos no chão.

— Não se preocupe com Alara. Logo vão estar trocando armas.

Um sorriso repuxou os cantos de minha boca.

Lukas abaixou a cabeça, tentando me fazer olhar para ele.

— Isso é um sorriso?

Eu lhe dei um verdadeiro.

A casa de pedra em ruínas apareceu, uma casca vazia, apodrecendo no meio do nada.

— Assustador, não? — disse ele.

— E a casa que tinha a menina psicótica com a boneca quebrada, não era?

— Verdade. Mas tem algo errado com esse lugar — disse ele.

Alara parou no topo da colina.

— É porque pessoas foram assassinadas aqui.

O poço de pedra esperava a distância, parecendo mais uma ilustração de um conto de fadas que a cena de duas mortes terríveis.

— Vou dar uma olhada — disse Jared, mas Lukas já o estava ultrapassando.

— Pode deixar.

Lukas atravessou a grama morta, e prendi a respiração quando se debruçou sobre a borda. Ele circulou o poço, passando um medidor de campo eletromagnético sobre as pedras lascadas.

— Não captei nada.

Nós nos aglomeramos ao redor da abertura. As pedras desciam em espiral até a água negra. Imaginei cair lá dentro e tentar se agarrar às rochas escorregadias para voltar à superfície. Seria impossível, sobretudo para um menino pequeno.

— Onde sua avó teria escondido o disco? — perguntou Jared.

Engoli em seco, antecipando a resposta.

— Se eu bem a conhecia... — Alara olhou para dentro do poço. — Lá embaixo.

— Por que suas famílias esconderam as peças em lugares tão perigosos se sabiam que vocês teriam de encontrá-las em algum momento? — perguntei.

— Não necessariamente. — Sacerdote jogou uma pedra no poço e esperou que chegasse ao fundo. — Talvez eles mesmos tivessem planejado voltar para pegar as peças. Ou fossem nos preparar, mas nunca tiveram a oportunidade. Duvido de que todos esperassem morrer no mesmo dia.

Fazia sentido.

Alara tirou seu equipamento da sacola.

— Se tivessem facilitado para nós, também seria fácil para Andras. Ele controla muitos espíritos.

— Tudo bem — disse Jared. — Quem vai entrar?

— Está louco? — Mesmo se ignorássemos o fato de duas pessoas já terem morrido lá dentro, o poço era uma armadilha. Parecia ficar progressivamente mais largo em direção ao fundo, mas a boca mal tinha espaço para meus ombros. E era impossível saber o que espreitava sob a água. Ossos, por exemplo.

— Acha que o avô de Sacerdote teria escrito o nome deste lugar em uma boneca que tinha um disco dentro sem motivo? — Jared tirou a jaqueta e a jogou na grama.

Alara revirou os olhos.

— Você nunca vai caber ali. É estreito demais em cima.

— Eu vou. — Sacerdote amarrou a corda de náilon em torno da cintura.

Jared a soltou com um puxão.

— Esqueça.

— Por quê? Porque não sou tão forte ou rápido quanto o resto dos super-heróis? — Sacerdote ainda estava com os imensos fones no pescoço, o que não favorecia seu caso.

— Ninguém disse isso. — Lukas tentou apoiar a mão no ombro de Sacerdote, mas ele se retraiu.

— Não precisa dizer. — A expressão de Sacerdote se endureceu. — Quantas vezes fiquei para trás? E, quando entro, sempre vou com Jared para ele ser minha babá.

— É porque você tem muito valor — disse Lukas. — Não podemos nos dar ao luxo de perdê-lo.

— Todos nós temos valor. Mas vocês acham que sou uma criança que não consegue se cuidar sozinha. — Havia um desespero na voz de Sacerdote que eu nunca tinha ouvido.

Alara prendeu o cabelo em um rabo de cavalo.

— Eu vou.

Lukas suspirou.

— Você é claustrofóbica. Vai ter um ataque de pânico e desmaiar antes de chegar à metade.

Ela se debruçou novamente sobre a borda do poço.

— Não tenho escolha. Sou a única além de Sacerdote e de Kennedy que consegue passar pela abertura.

Minha pele ficou gelada. Não queria entrar naquele buraco, um poço fedorento de água escura onde duas pessoas tinham morrido.

Jared se abaixou para pegar a jaqueta.

— Dane-se. Vamos sair daqui. Depois pensamos em alguma outra coisa.

— Você vai embora sem o disco em vez de me deixar tentar? — Os ombros de Sacerdote se curvaram.

— Eu vou — ofereci, sem vontade.

Alara revirou os olhos.

— Boa tentativa. Está com cara de quem vai vomitar.

Lukas me avaliou por um instante como se estivesse considerando a possibilidade, e Sacerdote surtou.

— Está mesmo considerando deixá-la ir em vez de mim? Ela acabou de aprender a usar um medidor de campo eletromagnético.

— Tudo bem. — Jared jogou a corda para Sacerdote. — Mas é melhor fazer exatamente o que eu mandar.

— Vou fazer exatamente o que você mandar *e* o que não mandar. — Sacerdote descalçou os tênis de cano alto verdes e pretos e tirou o casaco com capuz antes que Jared mudasse de ideia.

Lukas amarrou a outra ponta da corda na própria cintura, e Jared segurou a parte que ficava entre o irmão e a borda do poço.

Alara entregou a Sacerdote um longo bastão de ferro frio.

— Depois desta, você vai ter de inventar uma arma que funcione embaixo d'água.

— Vou começar imediatamente. — Sacerdote passou a outra perna sobre a borda e deslizou pelas pedras cobertas de limo.

Estava quase no fundo quando olhou para cima e sorriu, no mesmo instante em que uma mão nodosa apareceu na superfície.

19. ÁGUA NEGRA

A mão se elevou da água rançosa e agarrou a perna de Sacerdote. Seus olhos se arregalaram de terror ao ter o corpo arrancado da parede. Soltou um grito estrangulado antes de a água o engolir.

Uma realidade aterrorizante me ocorreu.

Espíritos são capazes de tocar nas pessoas.

A cabeça de Sacerdote emergiu da superfície escura por um instante. Ele se debateu desesperadamente e logo desapareceu outra vez.

— Precisamos fazer alguma coisa! — gritei.

Jared passou a perna por cima da borda, tentando forçar o corpo pela abertura estreita. Mas os ombros eram largos demais.

Alara agarrou as costas de sua camiseta e o puxou para fora.

— Saia daí ou não vou conseguir atirar.

Ela disparou balas de sal líquido dentro do poço, mas não fizeram efeito.

Mais uma vez, Sacerdote se impulsionou para fora da água agitada, a garganta envolvida com firmeza por um braço ossudo. O rosto ferido e inchado de uma mulher ergueu-se das ondulações, e a água suja do poço escorreu por suas bochechas como lágrimas pretas. O pescoço estava quebrado, fazendo a cabeça pender para o lado de forma antinatural.

— Saia do nosso poço. — Sua voz rouca ecoou contra as pedras.

— Millicent. — Alara se debruçou sobre a borda. — Sei o que aconteceu com seu filho. Sei o que eles fizeram.

Jared e Lukas se esforçavam para puxar a corda. Mas nem mesmo o peso combinado dos dois era páreo para o espírito de uma mãe que testemunhara o assassinato do filho.

O espírito apertou o pescoço de Sacerdote com mais força. Ele gorgolejou e tossiu, engasgando-se com a água agitada.

— Não vou deixá-los tirar mais nada de nós — sibilou ela.

Sacerdote se afogava em um esgoto podre, e eu era a única que podia ajudá-lo. Não havia como pensar na escuridão, na profundidade nem no espírito assassino.

Enrolei a corda no meu braço e subi na lateral.

Os dedos de Jared agarraram meu pulso, os olhos azuis estavam selvagens.

— O que está fazendo?

Não era o mesmo medo que vi quando Sacerdote caiu na água. Era medo por mim.

— Ele está se afogando. Diga-me como detê-la. — Bile subiu na minha garganta enquanto Sacerdote engasgava e se debatia lá embaixo.

Millicent olhou para mim com os olhos cobertos por um filme leitoso como uma catarata.

— Eles tiraram o que era meu. Agora vou tirar o que é seu.

O espírito apertou o braço deformado em torno do pescoço de Sacerdote, perfurando a pele dele com as unhas quando o forçou a mergulhar com ela.

— Jared, precisa me deixar ir. — Soltei-me da mão dele e comecei a descer pela corda.

— Espere. — Jared me entregou um longo bastão de ferro igual ao que Sacerdote tinha levado. — Se você perfurá-la com isso, vai destruí-la.

Minha mão se fechou sobre o metal, mas ele não o soltou.

— Não se machuque. — Era um pedido, não uma ordem.

O poço se alargava mais ou menos no meio da descida. Entrei na água com cuidado, consciente de que Sacerdote estava em algum lugar abaixo de mim. Não havia como prever a profundidade, até que o líquido viscoso chegou ao meu queixo e meus pés ainda não tinham tocado o fundo. Nadei para me manter na superfície, procurando cegamente por Sacerdote.

Algo agarrou minha cintura.

A cabeça de Sacerdote irrompeu novamente pela superfície. Ele ofegou e tossiu água, a pele ficando azulada.

Consegui puxá-lo para perto de mim sem afundar.

— Sacerdote? Está me ouvindo?

Ele apenas assentiu.

Uma mão gelada tocou na minha perna, e cabelo quebradiço roçou meu pescoço.

— Estou ouvindo você — sussurrou Millicent.

Impeli o bastão para trás, e ele deslizou facilmente pela água. Como eu saberia se a atingira? Será que tinha uma consistência sólida?

Millicent enrolou meu cabelo em torno do braço e o puxou com força. O bastão escorregou de minha mão. Tentei pegá-lo, mas minha cabeça se virou para trás. Sacerdote gritou alguma coisa, mas não consegui ouvi-lo por causa da respiração de Millicent e do sangue latejando em meus ouvidos.

Líquido bolorento encheu minha boca quando a cortina de água se fechou sobre mim. O mundo oscilou com as ondulações, as formas se distorceram e desapareceram.

Até que fiquei sem ar.

Lutei contra o instinto de respirar, mas era impossível. A água encheu meus pulmões, e a pressão me atingiu como um punho. Millicent passou um braço em torno de meu pescoço, e meu corpo se debateu contra o dela.

Vozes ecoavam acima de mim.

Meus pensamentos se embaralharam, e minha visão ficou embaçada...

Sem aviso, o forte aperto se desfez.

Disparei para a superfície, a luz ficou cada vez mais próxima até eu emergir.

Meu corpo convulsionou, forçando a água a sair dos pulmões em ânsias violentas. Ofeguei, desesperada por ar.

— Kennedy? — Sacerdote segurava a gola de minha camiseta, tentando manter minha cabeça acima da água. Ele me empurrou para trás, e me agarrei às pedras, as mãos escorregando pelas paredes cobertas de lodo.

Tossi, ofegando profundamente em busca de ar.

A mão emergiu da água, suas longas unhas arranharam a pedra.

Sacerdote ergueu o braço acima da cabeça. Algo brilhou em sua mão, fino e pontiagudo em uma das extremidades. Ele o enfiou no pescoço do espírito.

Millicent soltou um uivo angustiado antes de explodir do mesmo jeito que a garota do meu quarto. Uma chuva de água suja caiu sobre nós.

Sacerdote enrolou a corda em minha cintura e a puxou com força, amarrando-nos juntos.

— Você está bem?

— Acho que sim. — Minha garganta ardia, cada palavra arranhava as cordas vocais. — Como você a deteve?

— Ainda tinha no bolso um dos dardos que fiz para a balestra de Lukas. Precisei de dois golpes para derrubá-la.

— Sua voz estava cheia de orgulho. — Não acredito que veio atrás de mim. Foi muito Legião.

— Você salvou minha vida. — Eu ainda sentia a água nos pulmões, assim como a pressão e o braço do espírito em torno de meu pescoço.

Ele sorriu.

— Sou o sumo sacerdote, lembra?

— Vou içar vocês. — A voz de Lukas estava trêmula, ou seria a de Jared? Eu não conseguia distinguir por causa do eco da água agitada e de nossa respiração ofegante.

— Puxe Kennedy — disse Sacerdote. — Preciso procurar o disco.

Meu estômago se revirou diante da ideia de passar mais um segundo no poço. Mas tínhamos arriscado nossas vidas para encontrar o disco e eu não ia deixar Sacerdote ali embaixo sozinho.

— Vou ficar.

— Você dois vão subir — vociferou um deles.

— Nos dê um minuto — Sacerdote passou as mãos pelas paredes escorregadias. — Verifique as frestas entre as pedras.

Rodeamos o interior do poço até minhas pernas começarem a ficar dormentes de frio. Sacerdote até mergulhou algumas vezes, mas voltou de mãos vazias.

— Talvez esteja lá em cima, em algum lugar perto do poço — falei.

— De qualquer forma, é melhor sairmos daqui. Sua boca está ficando azul. — Ele atou novamente a corda, deixando-nos a apenas alguns centímetros de distância, e fez um sinal para Lukas. — OK, pode nos puxar.

Observei Sacerdote erguer-se acima de mim, aproximando-se do céu cinzento. Meu corpo saiu da água aos poucos, sujeira escorrendo pelos braços. Quando meus pés saíram da água, senti uma mãozinha segurar meu tornozelo.

Era impossível. Eu a vira explodir. Depois lembrei.

Ela não era a única que tinha morrido no poço.

O espírito do menino parecia pisar sobre a água, mas os pés estavam pouco abaixo da superfície. A água negra batia contra suas canelas como se tivesse apenas alguns centímetros de profundidade.

— Espere. — Sua voz era fina. Os dedos do menino se desprenderam de minha pele quando enfiou a outra mão no bolso. Ele tirou um disco prateado enlameado, exatamente do mesmo tamanho do que o que havíamos encontrado em Lilburn.

— Baixem-me outra vez — falei.

— Nem pensar! — gritou Lukas. Eu via sua jaqueta preta na borda do poço. Ele puxou a corda com mais força.

— Vou me desamarrar — ameacei.

Lukas hesitou, depois me baixou alguns centímetros.

— Um pouco mais. — Estiquei uma mão trêmula.

O garoto largou o disco em minha palma.

— Devíamos cuidar dele, mas não quero ficar aqui sem mamãe. Tenho medo da água — disse ele. — Não conte a ela que o entreguei a você.

— Não vou contar.

O garoto sorriu e desapareceu.

Lukas me puxou pela borda e desamarrou a corda puída. Ele soltou a última parte e parou, deixando a mão em minha cintura.

— Você me apavorou, sabia?

— Desculpe — sussurrei.

Jared estava alguns metros atrás do irmão, observando-nos. Por uma fração de segundo, eu o encarei, desejando ter mais coragem.

Não o tipo de coragem necessária para entrar em um poço, mas o tipo de que eu precisaria para agir de acordo com o que estava sentindo naquele exato segundo: para correr até lá e abraçar Jared até todo o resto desaparecer. Mas não era tão corajosa e não queria sentir nada por Jared. Sabia como era fácil ser magoada por um garoto como ele.

Lukas limpou a sujeira de meu rosto com a ponta da camiseta. Ele me fazia sentir segura em um mundo que eu não entendia, enquanto Jared sempre me deixava desnorteada. Como naquele momento.

Minhas bochechas ficaram quentes.

Perguntei-me se Lukas tinha notado, se achava que era por sua causa.

Sacerdote correu até Jared.

— Você me viu derrotar o espírito vingativo? Não diga que não foi animal.

Jared desviou os olhos, quebrando a conexão entre nós, e deu a Sacerdote um sorriso fraco.

— Sim, foi animal. E idiota.

— Não importa. — Sacerdote tirou a camisa e vestiu seu casaco seco, colocando o capuz.

— Aqui. — Entreguei o disco a Sacerdote.

— É isso aí. — Ele sorriu e o examinou. — A julgar pelo desenho e pelo tamanho dos discos, o cilindro deve ter o tamanho de uma lata de café.

Alara tocou meu braço com delicadeza.

— Você está bem?

Por um segundo, fiquei sem palavras. Aquele era um comportamento de amiga, não da garota que não me tolerava.

Esfreguei o pescoço, tentando me livrar da sensação do braço de Millicent enroscado nele.

— Não sabia que espíritos podiam nos tocar daquele jeito. Ela era muito real.

— Nem todos podem, mas ela era uma aparição de corpo inteiro. Alguns são tão reais quanto eu e você.

— Como se faz para diferenciá-los?

Alara colocou-se atrás de mim, ajudando-me a torcer a água nojenta do cabelo.

— Às vezes é impossível.

— Droga. — Sacerdote se retraiu, balançando o pulso. — Devo ter me cortado.

Era pior que isso.

Quando ele puxou a manga, linhas se recortavam na parte inferior de seu pulso como se estivessem sendo guiadas por uma lâmina invisível. Profundos talhos sem sangue ficaram gravados em sua pele.

Fiquei sem fôlego.

— Meu Deus.

Jared apertou o ombro de Sacerdote.

— Está recebendo sua marca.

Do que ele estava falando? E por que estava tão calmo enquanto algo retalhava a pele de Sacerdote?

Apontei para as linhas.

— Alguém pode explicar aquilo?

— Quando os membros originais da Legião convocaram Andras, gravaram parte de seu selo na pele para prendê-lo — disse Lukas. — A intenção era ajudá-los a controlar o demônio. Quando um membro da legião morre, sua parte do selo se transfere à pessoa escolhida para substituí-lo.

— Por que não apareceu antes?

— É preciso merecê-la, destruindo uma entidade paranormal. — Sacerdote encarava a marca, perplexo.

Alara girou a argola de sua sobrancelha, emburrada.

— Ainda não tenho a minha.

Lukas a cutucou.

— Vai ter. Talvez possa aniquilar um milk shake rosa.

— No fim, nossas marcas vão formar o selo — disse Sacerdote.

— Como?

Jared puxou sua manga, e Lukas fez o mesmo. A pele da parte interna de seus pulsos era lisa e sem marcas. Sacerdote também estendeu o pulso. Onde havia depressões profundas segundos antes, a pele tinha se curado totalmente.

Segurei-lhe o pulso.

— Para onde foram os cortes?

— Espere. — Jared assentiu para Alara.

Ela tirou um punhado de sal do bolso. Os garotos ofereceram os pulsos, e ela os esfregou com os cristais. Em segundos, os talhos apareceram na pele deles, e as linhas foram ficando pretas como se estivessem sendo preenchidas com tinta.

Como era possível?

Examinei as formas gravadas. Nenhum dos desenhos se parecia com o selo do demônio até eles dobrarem os pulsos, Lukas e Jared alinharam os seus lado a lado, e Sacerdote pressionou a base da palma da mão contra a de Jared. Aquilo criava a forma de um *L* que se transformava em 3/5 do selo. Logo depois, as linhas se desvaneceram.

— Então você não tem uma? — perguntei a Alara.

Ela espanou o sal das mãos.

— Ainda não. Minha avó era superprotetora. Mas não vou ser a última pessoa a receber uma marca.

— Não acho que precise se preocupar com isso. — Eu quase tinha morrido naquele dia, outra vez. Era óbvio que não estava pronta para destruir um espírito vingativo.

— Ainda não acredita que é uma de nós? — perguntou Sacerdote, sacudindo a água do cabelo. Ele tinha salvado minha vida. Um garoto de 15 anos que eu mal conhecia.

Olhei para Sacerdote e dei a única resposta que podia:

— Não sei no que acredito.

20. UMA FRESTA DE LUZ

Sacerdote limpou o disco, revelando o vidro vermelho no centro do anel prateado. Sentei-me no chão, usando a jaqueta de Jared sobre as roupas molhadas. Dessa vez, estava com frio demais para permitir que o orgulho atrapalhasse quando ele a ofereceu.

— É melhor voltarmos para a van ou vocês vão morrer de frio. — Dois quase afogamentos tinham transformado Alara de radical em maternal.

— Nem pensar. A pista para encontrar a próxima peça deve estar por aqui — disse Sacerdote.

— Onde? Lá dentro? — Jared parou de andar e indicou o poço.

— Você acha? — Sacerdote ergueu as sobrancelhas.

Alara lhe deu um empurrão carinhoso.

— Nem brinque.

Lukas olhou por sobre a borda do poço.

— Ninguém vai descer outra vez.

— Talvez esteja na casa — sugeri.

— Em Lilburn, o disco e a pista sobre este lugar estavam juntos. — Sacerdote parecia cético. — A casa fica bem longe. — Ele rolava o círculo de vidro entre os dedos, fascinado. — A pessoa que inventou o Engenho deve ter sido um gênio.

Conforme rodava o disco, um lasca de luz apareceu na lateral do poço.

— Viram aquilo? — Apontei para o ponto nas pedras cinzentas.

Sacerdote olhou em volta.

— O quê?

— Eu vi. — Lukas indicou o disco que estava na mão de Sacerdote. — Gire de novo.

Sacerdote rolou o vidro mais uma vez. A luz bateu no mesmo lugar de antes, parecendo quase fluorescente. Ele se abaixou, passando o disco por cima das pedras, e letras apareceram como se tivessem sido escritas em tinta que brilha no escuro.

— Não acredito.

CAIXA DE DYBBUK, SUNSHINE

— O que é uma caixa de *dybbuk*? — perguntei.

Alara balançou a cabeça.

— Nem pergunte.

— Espere. Isso eu sei. — Lukas andava de um lado para o outro diante do poço. — Meu pai me contou a história de uma.

— Então o que é? — perguntou Sacerdote.

— Meu pai disse que no folclore judaico acredita-se que, se alguém cometer pecados terríveis em vida, seu espírito não consegue descansar depois da morte — explicou Lukas. — Eles chamam o espírito desencarnado de dybbuk, e este só quer uma coisa: um corpo para possuir. Meu pai falou disso algumas vezes. Sempre achei que era algo aleatório.

— Você disse que ele contou uma história? — perguntou Alara.

Lukas assentiu.

— Uma mulher veio da Polônia para os Estados Unidos depois da Segunda Guerra Mundial, e a única coisa que trazia consigo era uma pequena adega para vinhos. Ela a guardava em seu quarto de costura e a chamava de dybbuk. A mulher jamais permitia que alguém entrasse naquele quarto, e deixou instruções para que a adega fosse enterrada com ela quando morresse. Mas adivinhem: o rabino não quis fazer isso. Então a venderam junto com seus bens.

Jared parecia surpreso.

— Não me lembro dessa história.

— Parece que papai não contava tudo a você. — Era uma chacota óbvia. Como Jared não reagiu, Lukas continuou. — Enfim, um cara comprou a adega e deu de presente para alguém de sua família. Mas, depois de alguns dias, a pessoa devolveu. Ele continuou a dar para diferentes membros da família, e, toda vez, a pessoa a devolvia. Finalmente, ele reuniu todo mundo para descobrir o que estava acontecendo. Todos haviam tido experiências semelhantes quando a adega estava em suas casas: ela se abria sozinha, tinha cheiro de urina e, durante o tempo que permanecera sob seus tetos, sonhavam que eram espancados por uma velha e acordavam cobertos de contusões.

— Está inventando isso? — Sacerdote tirou o cabelo úmido dos olhos. Pelo menos eu não era a única a achar que aquilo parecia uma loucura completa.

— Ele não está inventando — disse Alara. — Também já ouvi essa história.

— E essa nem é a parte mais estranha. — Lukas fez uma pausa. — Todos viram um vulto vagando pela casa enquanto estavam com a adega.

Um arrepio percorreu minhas costas. Ouvir a história enquanto Lukas andava diante do poço no qual quase nos afogamos a tornava ainda mais perturbadora.

— O que aconteceu com ela? — perguntei.

Lukas deu de ombros.

— O homem a vendeu. É tudo o que sei.

Alara se aproximou e passou novamente o vidro vermelho sobre as pedras.

— Acham que é a mesma caixa? — Ela parecia quase animada.

— Não sei — disse Lukas. — Pode ser outra. Mas, mesmo assim, parece que estamos lidando com um dybbuk. — Pensar que existia mais de uma caixa possuída no mundo não era reconfortante.

Jared avaliou a escrita fluorescente do poço.

— E *Sunshine*? Acham que é o sobrenome de alguém?

— Não. — Pelo menos uma vez, era eu quem tinha a resposta. — É uma cidade perto daqui. — Eu visitava a loja de material de arte de lá de tempos em tempos para estocar bisnagas de tinta em um tom maravilhoso de vermelho-cádmio.

Sacerdote enfiou o disco no bolso do jeans molhado. Voltamos nos arrastando para a van, arranhados, contundidos e ensanguentados: prontos para perseguir um espírito que morava em algum lugar de Sunshine.

⚔ • ⚔

Todos se sentiam exaustos, e ninguém queria dormir na van. Meus músculos estavam cansados e doloridos por ter ficado nadando na superfície, e meu peito pesava a cada inspiração. Sacerdote não parecia muito melhor. A música que retumbava de seus fones de ouvido mal conseguia mantê-lo acordado.

— Se vamos ficar em um hotel, preciso encontrar um caixa-eletrônico. — Alara estava no banco do carona, ao lado de Jared. — Estamos com pouco dinheiro.

— Não tenho dinheiro algum — sussurrei para Lukas.

— Tudo bem — disse Lukas. — Alara recebe dinheiro todo mês.

Jared parou diante de um banco, e ela saltou.

Eu a observei ir até a máquina com sua calça cargo e seus coturnos.

— Um fundo fiduciário? Sério?

Sacerdote sorriu.

— Nunca julgue uma garota por seus piercings.

Jared passava pelas estações de rádio, e ouvi uma música familiar.

— Espere...

— Deixe aí — disse Lukas ao mesmo tempo.

"Just lookin' for shelter from the cold and the pain
Someone to cover, safe from the rain...."

Olhei para Lukas, perplexa.

— Conhece essa música?

Não era uma das músicas mais famosas do Foo Fighters. "Home" era calma e suave, um sussurro em um mundo repleto de gritos.

Lukas me lançou um sorriso tímido.

— É minha preferida.

Um calor se espalhou por minhas bochechas, e, de repente, pareceu que estávamos compartilhando algo íntimo em um lugar cheio de gente. A música me atraiu na primeira vez que a ouvi, logo depois da morte de minha mãe. Devo tê-la tocado umas cem vezes. Tornou-se uma espécie de hino, uma oração silenciosa.

No que Lukas pensava quando a ouvia? Será que já havia ficado sentado no carro escutando-a sem parar? Eu queria perguntar.

Ele olhou para mim como se também quisesse perguntar alguma coisa.

Alara abriu a porta, quebrando a conexão entre nós.

— Tudo bem? — perguntou Jared.

— Não. — Ela parecia perplexa.

— O que foi?

Ela não respondeu de imediato.

— Sobraram apenas 3 mil dólares.

Apenas 3 mil dólares?

Jared deu de ombros.

— Vai receber mais daqui a algumas semanas, não é?

Alara balançou a cabeça.

— Você não entendeu. Alguém *tirou* dinheiro da minha conta. A não ser que tenha sido hackeada, meus pais são os únicos com esse tipo de acesso.

Sacerdote tirou os fones de ouvido.

— O que você quer dizer?

— É uma mensagem. — Alara saiu e apertou a discagem rápida de seu celular. — Preciso fazer uma ligação.

Ela andava de um lado para o outro diante da van, e, a julgar por sua cara fechada, a conversa não ia bem. Alara segurava o telefone bem diante de si enquanto gritava, fazendo-me lembrar de Elle, que agia quase do mesmo jeito sempre que um de seus namorados fazia alguma besteira. Desejei que ela estivesse ali naquele momento.

Tentei imaginar o encontro de Alara e Elle: duas personalidades férreas colidindo ou forjando-se em uma força sarcástica e incontrolável.

Lukas a observava gritar ao telefone.

— Isso não é bom.

Alara entrou e bateu a porta, furiosa.

— Meus pais querem que eu volte para casa. Estão me pressionando desde que minha avó morreu. Minha mãe acha que não tenho treinamento suficiente. — Ela riu. — Como se eu fosse conseguir treinar lá. Nenhum dos dois é da Legião. O que acham que vão me ensinar?

Jared ficou surpreso.

— Você nunca disse nada.

Ela esticou a mão e girou a chave na ignição.

— É porque não vou voltar.

⁂

Paramos no estacionamento de um hotel de estrada; uma placa rachada piscando acima da recepção indicava que havia vagas. Latas vazias de cerveja cobriam a entrada.

— É apenas por uma noite. Não pode ser tão ruim — disse Sacerdote.

Da perspectiva de Alara, não podia ser pior. Todas as portas que davam para o estacionamento eram pintadas de rosa-chiclete.

Ela cruzou os braços, desafiadora.

— Não vou dormir em um quarto com porta rosa. Está além de meus limites.

Lukas saiu da van e foi em direção à recepção.

— Você pode dormir na van.

Quando ele voltou com a chave, Sacerdote tinha convencido Alara a dar uma olhada no quarto. Mas, quando Lukas destrancou a porta, ele parou de repente.

— Alara, talvez precise repensar seus limites.

Do lado de dentro, o minúsculo quarto era pintado com o mesmo tom enjoativo de rosa.

— Nem pensar. — Ela recuou, balançando a cabeça. — Eu preferiria dormir no 13º andar.

Sacerdote a persuadiu a atravessar a porta.

— Não se preocupe. Vou proteger você da cor perigosa.

O quarto era praticamente vazio: duas camas de casal com colchas diferentes, uma TV quebrada sobre um rack com rodinhas e uma lata de lixo plástica que não era esvaziada fazia algum tempo. Não havia sequer uma paisagem barata nas paredes tragicamente nuas.

Alara torceu o nariz.

— Que nojento.

Sacerdote se jogou de costas sobre a cafona colcha em estilo western.

— Tem camas. É só isso que importa.

— Duas. — Alara me indicou com o queixo. — E nós ficamos com uma.

— Exijo metade desta — disse Sacerdote. — Afinal, quase me afoguei.

— Vai usar isso até não poder mais, não é? — implicou Alara.

— Ah... sem dúvida.

— Você deveria exigir o primeiro banho, sendo assim — disse ela. — Está fedendo ainda mais que Kennedy.

Jared e Lukas estavam parados juntos perto da porta. Eu não estava acostumada a vê-los lado a lado, com os ombros largos e lábios carnudos idênticos, olhos tranquilos e cílios longos. Pareciam a mesma pessoa, mas eram muito diferentes.

Depois que Sacerdote tomou banho, fui eleita a segunda mais suja. Não discuti. Água seca do poço cobria minha pele, e minhas roupas estavam ainda piores.

— Ei. — Lukas apareceu atrás de mim com algo enrolado na mão. — Tenho uma camiseta sobrando se precisar.
— Eu não tinha pensado no que ia vestir depois do banho.
— Obrigada.

Minha pele arranhada roçou sua palma da mão queimada pela corda. Mesmo ensanguentada e em carne-viva, tinha um toque delicado... como ele. Eu conseguia imaginar Lukas escutando "Home", a música que ambos adorávamos, sussurrando a letra para si mesmo como eu fazia quando me sentia perdida.

Fechei a porta e me apoiei contra ela, deixando o banheiro se encher de vapor. Não queria olhar meu cabelo embaraçado e meu rosto sujo no espelho. Mas não precisei ver os cortes recentes no resto do corpo para saber que existiam. A água quente os fez arder quando me sentei no piso do chuveiro, esperando a água marrom que escorria de minhas pernas ficar transparente outra vez.

Finalmente, a lembrança do braço gelado de Millicent ao redor de meu pescoço e da água do poço enchendo meus pulmões me fez sair do chuveiro.

Vesti a camiseta de Lukas, aliviada quando vi que roçava meus joelhos. Fiquei ainda mais aliviada por ter ignorado Elle quando tentara me convencer a trocar minhas calcinhas estilo short por modelos "fofos" com palavras idiotas como *rosa* escritas atrás.

Mesmo assim, quando enfim abri a porta, senti que dava para todos verem através da camiseta.

Sacerdote colocou os fones de ouvido.

— Alguém se importa se eu apagar a luz?

Graças a Deus.

Fui direto para a cama, puxando a barra da camiseta. Um risco de sangue manchou o algodão. Entre escorregar pela calçada da frente de minha casa e lutar contra o espírito de Millicent, os cortes na minha mão estavam sangrando de novo. Quando me virei para voltar ao banheiro e pegar uma toalha, Lukas entrou e fechou a porta.

Fui tomada pela exaustão ao me sentar na ponta da cama, esperando que ele terminasse. Meus olhos estavam pesados, e lutei para ficar acordada.

Eu me sobressaltei quando as dobradiças da porta rangeram. Andei até o banheiro quase dormindo.

Lukas saiu descalço e sem camisa, usando apenas uma calça jeans. Esfregava uma toalha no cabelo, e água escorria por seu peito.

Como não tinha mais para onde olhar, analisei uma falha no carpete manchado.

— Preciso pegar uma toalha para minha mão.

— Deixe-me ver. — Ele se aproximou e pegou meu pulso delicadamente, roçando o jeans na minha perna.

— Não é nada de mais. — Tentei ignorar o fato de estar diante de um garoto lindo, usando a camiseta dele.

— Só quero que fique bem. — A mão de Lukas escorregou de meu pulso, e fui para a luz forte do banheiro minúsculo.

Lavei a mão e a enrolei com uma toalhinha.

Quando saí outra vez, Jared estava ali parado, retorcendo uma camiseta limpa entre as mãos. Eu não conseguia parar de pensar na imagem de Lukas sem camisa, e agora imaginava Jared do mesmo jeito.

Meu coração martelava contra as costelas. Procurei outra vez a falha no carpete, temendo que ele soubesse exatamente o que eu estava pensando se visse meu rosto.

Ele deu um passo para o lado, abrindo caminho para mim.

— Estou feliz por você estar bem — disse ele suavemente ao fechar a porta.

Parada no escuro, o ar ainda tinha o peso da coisa sem nome que havia entre nós.

Caí na cama ao lado de Alara e ouvi a água corrente ecoando do chuveiro.

Não pense nisso.

Alara me cutucou.

— Kennedy?

— Sim?

— Obrigada por ter ido buscar Sacerdote. Aquilo exigiu coragem.

O elogio me pegou de surpresa.

— Qualquer um teria feito a mesma coisa.

— Só se fosse um de nós. — Ela falou de um jeito que fez parecer possível.

— É difícil ser parte da Legião?

Alara ficou quieta por um instante.

— É preciso abrir mão de muita coisa.

— Como escola e amigos...

— Como minha família.

Não era a resposta que eu esperava.

— Achei que tivesse sido criada pela sua avó.

— Fui morar com ela aos 10 anos. Antes disso, morava com meus pais, meu irmão e minha irmã mais novos em Miami.

— Por que foi morar com ela? — Eu estava sendo intrometida, mas achei que ela queria falar. E sentia falta das noites em que eu e Elle ficávamos acordadas até tarde compartilhando segredos.

— Desde que éramos bebês, meus pais já sabiam que um de nós seria escolhido para se juntar à Legião, e sabiam que seria eu ou minha irmã, Maya. Minha avó queria transmitir sua especialidade para uma menina. — Alara fixou os olhos no teto.

— E ela escolheu você?

— Não exatamente. Ela queria levar uma de nós enquanto fôssemos novas o bastante para que o treinamento se tornasse algo automático, mas meus pais ficavam adiando. Em certo momento, minha avó os obrigou a escolher uma data. Quando o dia finalmente chegou, sabíamos que ela viria e que uma de nós iria embora. Maya e eu nos sentamos em um sofá de veludo verde no vestíbulo, de mãos dadas. Minha mãe tinha nos arrumado com vestidos ridículos de tafetá, como se fôssemos a uma festa. Meus pais ficaram no escritório de meu pai com minha avó, decidindo quem ela ia levar. Quando saíram, minha mãe estava chorando. Minha avó a mandou escolher.

Alara engoliu em seco.

— Mas não havia escolha. Maya era frágil. Nunca teria aguentado minha avó ou a Legião. Teria sido destruída. Então menti e disse que queria ir. Praticamente implorei.

Tentei imaginar a situação. Esperar para saber se teria de deixar minha mãe. Voluntariar-me para ir.

— Seus pais devem ter sentido muitas saudades.

— Eles me entregaram como se eu fosse um filhote de cachorro. Agora meu pai acha que pode simplesmente me dizer para desistir e voltar para casa como se o que estou fazendo não fosse importante?

Pensei em meu pai parado ao lado do carro, olhando para mim pela janela da cozinha. Sabendo que nunca mais voltaria. Será que viu como eu estava confusa quando foi embora? Será que se importou?

Ser entregue a outra pessoa não parecia algo muito diferente de ser abandonada. Eu entendia o que era ser fragmentada quando todos ao seu redor eram inteiros.

— Sinto muito.

Alara respirou fundo.

— Eu não. Minha irmã não era talhada para isto. Eu sou.

— Mesmo assim, o que fez foi muito corajoso.

— Entrar naquele poço também foi. — Ela me entregou algo enrolado dentro da mão fechada. — Fique com isto. **Precisa mais que eu.**

Mal consegui distinguir o objeto que estava na palma de minha mão até este ser iluminado pela placa fluorescente do hotel, que zumbia do lado de fora. Era a medalha redonda de prata que Alara sempre usava no pescoço. De perto, vi os símbolos gravados na superfície, algo que parecia uma forquilha apontando para longe do centro do pingente.

— Chama-se a Mão de Exu. Protege quem a usa do mal. Talvez evite que acabe se matando.

— Obrigada. — Amarrei o cordão ao redor do pescoço, desejando conseguir pensar em algo mais significativo para dizer.

Em minutos, ela dormia.

Olhei para a escuridão. Havia uma fresta de luz sob a porta do banheiro. Pensei em todas as maneiras que Jared podia me magoar.

Quanta dor aguentaria antes de finalmente me despedaçar?

21. SUNSHINE

De manhã, paramos em uma loja de conveniência para tomar café e comprar pilhas. Alara deu 5 dólares a cada um na tentativa de racionar nossos fundos. Sacerdote foi direto para o corredor de doces e acabou com o estoque de balas azedas de melancia. Tinha passado aos salgadinhos quando o alcancei.

Não gostava muito de doces. Mas quando era pequena, meu pai levava barras de chocolate para mim quando chegava do trabalho.

Ele tirava o chocolate do bolso do paletó. Vinha em uma embalagem vermelha com as palavras 100 GRAND *escritas em letras brancas maiúsculas na frente.*

Eu queria abri-lo, mas sabia que não podia.

— Não posso comer doces antes do jantar.

— *Hoje é o dia do contrário. Isso significa que pode comer a sobremesa primeiro.* — *Meu pai abria a embalagem e me entregava um dos dois pedaços que havia dentro. Mordíamos nossas metades ao mesmo tempo.*

A embalagem vermelha ficara permanentemente estampada em minha mente, assim como tantas outras imagens que não conseguia apagar. Naquele momento, eu queria uma daquelas barras de chocolate ridículas mais que qualquer coisa.

Ainda estava decidindo se uma barriga cheia de chocolate às 9 horas da manhã era uma boa ideia quando percebi que o homem do caixa me encarava. Seus olhos corriam da pequena TV do balcão para mim enquanto a foto em preto e branco de meu anuário aparecia na tela.

Jared veio em minha direção pelo corredor, de costas para o caixa. Não me movi, fixando os olhos nas prateleiras.

Por favor, não diga nada.

Com mais um passo, seu corpo bloqueou a visão do homem.

— O cara do caixa me reconheceu. Continue andando — sussurrei, tomando cuidado para não me virar na direção de Jared. — Encontro vocês atrás da escola pela qual passamos a caminho daqui.

O caixa não tirava os olhos de mim.

Jared passou por mim e parou diante da máquina de café no final do corredor, onde Lukas e Sacerdote enchiam copos de isopor. Jared disse alguma coisa, e todos riram e se acotovelaram. Quando Alara ouviu Jared rindo, ficou alerta e fixou os olhos nele como se tivesse visto o Bat-Sinal.

O caixa tirou o fone do gancho.

Lukas empurrou o irmão, e os copos escorregaram das mãos deles, respingando café no chão.

— O que estão fazendo aí? — O homem tinha saído de seu banco e estava na metade do corredor, deixando o fone sobre o balcão.

— Desculpe. — Lukas pegou um monte de guardanapos em um dispenser próximo. — Vamos limpar.

— E vão pagar os cafés — Eu o ouvi dizer quando a porta se fechou atrás de mim.

Fui até os fundos da loja de conveniência e segui a estrada principal de volta à escola primária, tomando o cuidado de ficar longe do acostamento para o caso de o caixa ter decidido chamar a polícia. Atrás da escola, me encolhi em um banco, tentando escutar as sirenes.

Se o caixa tivesse ligado, será que a polícia diria a minha tia que eu estava bem?

Ainda que não gostasse dela, ela havia se oferecido para me acolher depois da morte de minha mãe, e eu lhe devia algo por isso, nem que fosse uma mensagem avisando que não estava morta em uma vala. Mais de uma vez, tinha considerado ligar, mas, se a polícia achava que tinham me sequestrado, sem dúvida o telefone dela estaria grampeado.

Um celular descartável podia despistar a polícia, mas não sabia se faria o mesmo com um demônio. Essa ideia me impedira de ligar para Elle de novo. Espíritos vingativos já tinham me seguido até o armazém, e eu não queria cometer mais erros.

Não ouvi sirenes, apenas o som de botas triturando as folhas secas.

— Kennedy?

— Aqui.

Jared esquadrinhou o parquinho até me ver, e sua expressão tensa se desfez em um raro sorriso.

— Essa foi por muito pouco.

— Concordo. — Olhei para trás dele. — Onde está todo mundo?

— Na van. Achei que nós quatro perambulando por aqui podia parecer suspeito. — Ele se sentou na outra ponta do banco. — Como percebeu que aquele cara da loja tinha reconhecido você?

— Ele estava assistindo à TV, e vi minha foto na tela.

Jared se inclinou para a frente, apoiando os cotovelos nos joelhos, e olhou para mim. Eu queria estender a mão e tocar na cicatriz que ele tinha acima do olho, perguntar como a conseguiu.

— Talvez fosse melhor você ficar na van da próxima vez — disse ele. — Não sei se posso fazer outra cena como aquela.

— Foi muito convincente. Acho que deixou passar sua vocação.

Seu sorriso se desvaneceu, e o silêncio se arrastou entre nós.

— Desculpe — disse ele, finalmente.

— Pelo quê?

— Sei que provavelmente você não queria fazer parte disto. — Ele parecia muito solitário. Lutei contra o desejo de abraçá-lo e sentir o cheiro de sal e cobre que se grudava a ele mesmo quando Jared só sangrava por dentro.

Queria dizer a ele quanto estava solitária, quão desesperadamente precisava de alguém. Queria dizer isso e muito mais. Mas não conseguia encontrar as palavras, ou não me permitia.

— Não é verdade.

Jared mordeu o lábio.

— Qual é. Você tinha uma vida, escola, amigos, talvez um namorado, algo melhor que isto.

Será que ele realmente pensava assim? Que eu deixara para trás a vida perfeita?

— Se tivesse um namorado, já teria ligado para ele. Não abandono as pessoas de quem gosto.

— Não quis dizer...

— E se quando diz "melhor" está se referindo a perder minha mãe e encaixotar minha vida inteira para ir morar em um internato que nunca vi... — Minha voz tremeu. — Então, sim, acho que era melhor.

O rosto de Jared se tornou ameno, abrindo-se de um jeito lindo e assustador ao mesmo tempo. Ele deslizou a mão lentamente pelo banco até onde a minha estava apoiada entre nós. Fiquei sem ar quando entrelaçou seus dedos aos meus.

Jared apertou minha mão, e meu coração pulou.

— Kennedy, eu queria...

A cerca de arame chacoalhou do outro lado do parquinho quando Lukas a pulou.

Retraí a mão, deixando a de Jared no banco. Mas ainda a sentia, como se não a tivesse soltado.

⊰ • ⊱

Sunshine não fazia jus ao nome. Os garotos foram à cidade para ver o que conseguiam descobrir. Alara e eu ficamos para trás e nos debruçamos sobre os diários, procurando qualquer informação relativa a caixas de dybbuk.

Ela virou uma página que tinha um elaborado símbolo desenhado: um círculo com um heptagrama no centro. Palavras em uma língua desconhecida estavam escritas dentro e em torno da circunferência; era o mesmo símbolo que tinham desenhado no chão do armazém.

— O que é isso?

— O Grande Pentagrama da *Goetia*, um dos grimórios mais antigos que existem. Chama-se Armadilha do Diabo. Se um demônio pisar dentro de um desses, não consegue sair. — Alara contornou o círculo externo com o dedo. — Se as linhas tiverem precisão suficiente, a armadilha pode até destruí-lo.

Abaixo desse havia outro símbolo: duas linhas perpendiculares com uma espécie de S sobre elas.

Miray la estava escrito ao lado.

— Isso é francês?

— Crioulo haitiano. Significa "a Parede".

— É como a Armadilha do Diabo? — perguntei.

Ela balançou a cabeça.

— A Parede é apenas um símbolo de amarração. Pode prender o espírito, mas não é forte o bastante para destruí-lo. Você mesma precisa fazer isso.

Observei a Armadilha do Diabo e me perguntei se minha mãe já tinha visto uma daquelas, tentando conciliar a mulher que me fazia brownies sempre que eu tinha um dia difícil com a integrante perdida da Legião.

Alara fechou o livro.

— Não há nada aqui. Espero que os garotos tenham mais sorte. — Em uma situação como aquela, esse era um termo relativo. — Mas você vai precisar de mais que sorte.

— Como assim?

Ela entrou na van e voltou com uma arma coberta de Silver Tape e algumas balas de sal líquido.

— A maioria das pessoas só precisa saber como se defender contra os vivos. Vou garantir que possa dizer o mesmo sobre os mortos.

Alara tinha me emprestado algumas de suas roupas sobressalentes antes de sairmos do hotel, pois as minhas cheiravam a esgoto. Agora os bolsos estavam cheios de balas de sal e pregos de ferro frio.

— Segure o cabo mais para cima. — Alara pegou a arma e demonstrou. — Dá mais controle.

— OK — falei, quando ela me devolveu a arma. Reposicionei minhas mãos e respirei fundo. Apertei o gatilho, e o tiro explodiu no chão, a poucos metros da árvore que eu tentara acertar.

Alara suspirou.

— Da próxima vez, tente manter os olhos abertos.

Uma hora depois, comecei a pegar o jeito e consegui acertar várias árvores indefesas e um esquilo traumatizado.

Estava sentada na grama esfregando minhas botas com um pano quando Sacerdote dobrou a esquina usando um casaco laranja-vivo com as palavras LANCHONETE DA CINDY escritas na frente.

— Sentiram saudades de mim?

Lukas e Jared apareceram logo atrás, segurando dois copos de isopor e uma caixa rosa de cartolina.

Apontei para o casaco de Sacerdote.

— Sutil.

— Era isso ou NASCAR. E não é meu rosto que está no jornal.

— É na televisão, não no jornal — falei, como se a distinção afetasse de alguma forma meu status de fugitiva.

— Agora está. — Lukas jogou para mim uma edição do jornal local. Estava aberta em uma página que tinha uma pequena foto minha e detalhes de meu suposto sequestro.

Sacerdote se sentou ao meu lado.

— Não se preocupe, está na mesma página da matéria de uma mulher de 96 anos que ganhou na loteria jogando com o aniversário do gato. Provavelmente, as pessoas nem vão ver.

— E trouxemos presentes. — Lukas entregou a cada uma de nós um copo, e Jared abriu a caixa. Café e donuts, tinham um cheiro maravilhoso.

— Espero que essa caixa seja a única coisa rosa. — Alara abriu vários pacotes de açúcar de uma só vez e os despejou em seu copo.

Contornei a traseira da van e joguei as armas em uma das sacolas.

— Ei. — Lukas estava atrás de mim. — Não tive a intenção de pegá-la de surpresa. Só queria lhe dar isto. — Ele enfiou a mão sob a jaqueta e tirou um bloco de papel branco. — Sei que não tem um diário de sua mãe, mas achei que talvez quisesse começar um. Ou pode só desenhar. Sacerdote disse que você é muito talentosa.

Quando fui pegar o bloco, nossas mãos se tocaram.

Havia algo entre nós, mesmo que não fosse a atração magnética que eu sentia por Jared. Ignorei os hipnóticos olhos azuis, assim como os lábios macios que os irmãos compartilhavam, e olhei de verdade para Lukas. Pensei em como me sentia segura sempre que ele estava por perto e na amizade que ele oferecia com a mesma facilidade de um sorriso.

— Só tinham isso na loja de conveniência, mas vou comprar um de verdade quando tiver uma chance.

— Não, é perfeito. — Segurei o bloco contra o peito.

— Sinto falta de desenhar. — Eu me estiquei e o abracei. — Obrigada.

Lukas passou as mãos em torno de minha cintura, puxando-me para perto, e senti o cheiro de sua pele: o cheiro de uma floresta depois da chuva. Sua bochecha roçou a minha.

— De nada.

Enfiei o bloco na sacola e voltei com ele para o outro lado da van. Jared não olhou para nós, mantendo os olhos fixos ao chão.

— Descobriram alguma coisa ou não? — Alara misturou mais dois pacotes de açúcar no café.

— Ouçam isto. — Sacerdote partiu ao meio um donut com glacê e enfiou metade na boca. — A cidade tem uma antiga loja de mágica. O dono era um cara estranho. A moça da lanchonete disse que ele estava sempre viajando e trazendo todo tipo de tralha bizarra para a loja.

Alara franziu o nariz.

— Detesto mágicos. Só ficam um nível acima de mímicos e palhaços.

Sacerdote terminou a outra metade do donut.

— Não é a única. Há duas semanas, encontraram o proprietário morto na loja. Quando perguntamos como morreu, ela apenas disse que era horrível demais para contar.

— Que útil. — Alara tirou um donut da caixa, com cuidado para não tocar a cartolina rosa. — A garçonete mencionou alguma caixa?

Sacerdote balançou a cabeça.

— Não, mas disse que o corpo levou um tempo para ser encontrado.

Ela se animou.

— Isso é estranho.

— Na verdade, não é — disse Lukas. — Ninguém ia à loja porque o lugar cheirava a xixi de gato.

— Pode ter sido coincidência — falei.

Jared jogou um donut intocado de volta na caixa.

— Ele não tinha gatos.

22. A CAIXA

A fita amarela da polícia cruzava a porta, onde uma placa de plástico dizia FECHADO. Uma grossa camada de poeira cobria as vitrines da loja, que exibiam uma coleção de itens de aparência nada mágica: cartolas baratas e capas de poliéster, uma gaiola corroída com uma pomba falsa dentro, argolas prateadas e um boneco de ventríloquo feito de madeira.

Invasão de propriedade no meio do dia era arriscado, mas, naquele momento, toda escolha que fazíamos parecia um risco. Jared estacionou no beco nos fundos, na esperança de que ninguém nos visse, enquanto Sacerdote abria a fechadura com um pedaço de arame moldado especificamente para esse propósito.

A porta se abriu, e o fedor nauseante de amônia chegou até nós.

Alara teve uma ânsia de vômito.

— Só pode ser brincadeira. Não vou entrar aí sem uma máscara de gás.

— Você é quem sabe. — Jared entrou. A névoa empoeirada do dia o seguiu, revelando dúzias de caixas, engradados e estantes de metal abarrotadas.

Sacerdote ligou o interruptor, e as luzes fluorescentes do teto iluminaram um enorme depósito com mais tralhas.

— Esse cara era um acumulador e tanto.

O lugar inteiro parecia o interior da Caixa de Pandora, algo que era melhor não perturbar.

Toquei no cabo da pistola de pregos enfiada na parte de trás de meu jeans para me tranquilizar.

— Não parece o tipo de cara que teria uma adega de vinhos.

Lukas virou uma lata de lixo cheia de partes desmembradas de bonecas, minúsculos braços e pernas cor de pele apareciam sobre a borda.

— Pode ser qualquer tipo de caixa.

— Alguém faça uma medição. Não vou aguentar isto por muito tempo — resmungou Alara, o nariz enfiado na dobra do braço. Ela não havia demorado muito a reconsiderar sua atitude em relação a lojas de mágica infestadas de urina.

Fui pegar um medidor de campo eletromagnético, e meu cotovelo bateu contra algo duro.

Um imenso armário de desaparecimento com uma porta carmesim assomava atrás de mim. Lá dentro, entre pedaços de espelho quebrado e vidro colorido colados nas paredes, a pintura de uma cobra serpeava com a boca aberta e pronta para o bote.

— Gente... isto é muito maior que uma caixa para vinhos.

Sacerdote e Jared foram até mim, os olhos de Sacerdote estavam grudados em seu medidor.

— Espero que o que quer que more aí não seja. O ponteiro está enlouquecendo.

Os olhos de Jared se fixaram nos meus, acelerando meu coração. Até que sua expressão se alterou e percebi que ele não estava mais olhando para mim.

Olhava para algo atrás de mim.

— Kennedy, saia daí! — gritou ele.

Uma lufada de ar frio explodiu da caixa e me derrubou, passando por mim e parando diante de Alara. Era o torso de um homem com a pele branca como leite marcada por contusões pretas. Contudo, aquilo não era um homem. A cabeça era raspada, e as vértebras pressionavam a pele como se esta fosse de um tamanho menor.

Mas onde os ossos terminavam, a forma humana também sumia, e a cintura desaparecia em um grosso borrão de fumaça branca.

Forcei minhas pernas a se mover, tropeçando por cima da bagunça.

O dybbuk se virou de imediato, seguindo o som. Pressionei as mãos contra a boca, suprimindo um grito ao ver as cavidades escuras no lugar dos olhos.

Ele esticou os braços para Alara. O corpo dela se elevou do chão como se o dybbuk estivesse usando algum tipo de poder telecinético. Ela gritou, e a força a jogou contra a parede. A cabeça de Alara bateu no concreto, e ela escorregou para o chão em silêncio.

Jared correu até ela. O dybbuk o tirou do chão com o mesmo poder sobrenatural que usara para erguer Alara, e lançou-o sobre as prateleiras de metal.

— Dane-se. — Lukas mirou e disparou vários tiros de sal líquido. As balas atravessaram o torso pálido do dybbuk e caíram no chão do outro lado.

Eu me arrastei pela lateral do cômodo em direção a Alara. Ela conseguira se sentar, mas ainda estava desorientada quando a alcancei.

— Você está bem?

— Ele é muito forte. — Sua voz estava carregada de pânico. A garota destemida que eu tinha considerado tão intimidadora de repente fora substituída por outra, tão vulnerável quanto o resto de nós.

Lukas e Sacerdote se ajoelharam perto de Jared, que estava caído no chão entre um mar de membros arrancados de bonecas.

Ele não está se movendo.
Só havia uma forma de ajudá-lo.
— Alara, como detemos esta coisa?
Ela me lançou um olhar vazio.
Agarrei seus ombros.
— Como destruímos essa coisa?
O dybbuk riu, o som ameaçador ecoou pelo ambiente.

Concentrando-se em Lukas e Sacerdote, ergueu seus corpos simultaneamente no ar. Pairaram acima do chão por um momento antes de suas costas baterem no meio da parede. Os corpos escorregaram parede acima, os ombros e cotovelos batendo contra as arestas das prateleiras de metal.

— Alara, diga-me o que fazer — implorei.
Os olhos correram do dybbuk para mim.
— Temos de prender essa coisa dentro do armário e queimá-lo.
— Como?
Alara piscou com força.
— Com um símbolo de amarração.
— Como o do seu diário? — Eu me lembrava dele perfeitamente.
Ela assentiu.
— A Parede é o mais fácil. Mas não consigo desenhá-lo sem meu diário e ele não vai prender aquela coisa a não ser que fique exatamente igual.

Caixas caíram no chão quando Lukas despencou no concreto, não muito longe de onde o corpo do irmão estava caído, inconsciente. Lukas se esforçou para sentar, mas não parecia firme.

— Vá se ferrar. — Sacerdote se debatia violentamente, ainda grudado à parede.

O dybbuk jogou a cabeça pálida para trás, e uma risada demoníaca encheu o ar como mil alfinetes espetando minha pele.

— Eu consigo — falei automaticamente. — Lembro como era.

Alara balançou a cabeça.

— Se errar...

O símbolo se formou em minha mente com a mesma clareza que teria se eu ainda estivesse olhando a página.

— Tenho memória fotográfica. Não vou errar.

— Está falando sério?

— Completamente.

Alara tirou o pilot preto de seu cinto de ferramentas e me entregou.

— Vou distraí-lo, mas precisa trabalhar rápido. Depois encontro um jeito de atraí-lo para a caixa.

O dybbuk deixou Sacerdote cair e sacudiu seu corpo de um lado para o outro no chão como uma boneca de trapos sem sequer tocá-lo.

Corri para o armário.

Quando entrei, meus olhos arderam por causa do cheiro de amônia. A boca aberta da cobra estava a apenas alguns centímetros de mim, com presas perfeitas formadas por cacos de espelho. E havia algo mais: dois pedaços redondos de vidro verde embutidos em prata no centro dos olhos.

Minúsculas farpas entraram sob minhas unhas quando soltei um deles. Sob a luz fraca, parecia exatamente igual ao disco que estava dentro da boneca. Infelizmente, o outro também. Enfiei os dois no bolso e olhei para trás.

Alara abriu uma garrafa de plástico de água benta que estava enfiada em seu cinto e a despejou sobre a cabeça.

Aquele era o plano dela?

Fechei a porta do armário, mergulhando na escuridão. Em segundos, o pânico me dominou e me senti novamente com 5 anos, escondida no pequeno espaço do armário de minha mãe. Esperando que ela voltasse.

Não posso ficar aqui.

Minha pulsação ressoava em meus ouvidos, mas outro som foi mais alto: um estrondo.

Seria Sacerdote dessa vez? Lukas ou Alara? Visualizei Jared caído no chão, e meu coração doeu. E se ele precisasse de um médico?

E se...

Uma fenda estreita entre as dobradiças jogava um talho de luz sobre minhas botas, mas não havia espaço suficiente para me abaixar e desenhar o símbolo no piso. Eu teria de fazê-lo no teto, o que significava desenhar às cegas.

Como eu saberia se errasse?

— Sacerdote? Lukas? Vocês estão bem? — gritou Alara, a voz abafada pela camada de madeira entre nós.

— Estamos.

— Tirem Jared daqui — disse ela.

— Não vamos deixar vocês. — Lukas parecia tão determinado quanto ela.

— Se quiser salvar seu irmão, vai — retrucou Alara.

— Garota bonita com uma alma medonha. — A voz que respondia não era a de Lukas. Era distorcida e falsa, o som de algo horrível vestindo uma pele humana.

Trabalhando rápido, deixei minha mente guiar o pilot. Desenhei a primeira linha, posicionando a outra mão para saber onde começar a linha horizontal que precisava traçar em seguida.

A pesada porta de metal que dava para o beco bateu. Alguém tinha conseguido sair, talvez todos os três.

Mas, se a porta tinha se fechado, os garotos estavam trancados lá fora. Somente eu podia ajudar Alara.

Concentrei-me na única coisa que sempre conseguira fazer, na habilidade que parecia mais uma maldição que um dom.

Minha mão finalmente parou quando o pilot terminou a última linha. Espiei pela fenda no exato momento em que o dybbuk partiu para cima de Alara. Quando seu corpo tocou a pele molhada da garota, um chiado de vapor branco se elevou e o dybbuk recuou. Eu precisava afastar aquilo de Alara e prendê-lo dentro do armário. Rápido.

Escancarei a porta.

— Ei, aqui! Estou na sua caixa nojenta.

Ele se virou, voltando para mim as cavidades oculares escuras.

— Sssssaia!

— Kennedy, não! — gritou Alara.

Ele vinha direto para mim...

Não se mova até ele entrar.

Pressionei a mão contra o fundo falso do armário, mas não fui rápida o bastante.

Com o impacto, o ar foi expelido de meus pulmões. Uma sensação repugnante me dominou, como se algo estivesse tentando atravessar meu corpo. Senti o dybbuk se contorcer e debater como centenas de cobras presas sob minha pele.

Joguei meu peso contra o fundo da caixa, que se abriu.

Minha bochecha bateu no concreto e arranhei o chão, arrastando-me para longe. Virei-me e percebi que não era necessário.

O dybbuk estava preso, seus braços eram lançados para trás toda vez que tentava estendê-los para fora dos limites da caixa.

— O que você fez, alma medonha?

Alara correu para mim, passando com as pernas longas por cima de adereços de palco virados de cabeça para baixo, pálidos na presença da magia verdadeira. Ela escavou os bolsos e pegou um isqueiro descartável, segurando-o contra a madeira podre. A chama tremulou, depois pegou e subiu pela lateral da caixa.

— Precisamos sair daqui — disse ela, empurrando-me para a porta.

Flocos de cinza flutuavam pelo ar como pele descascada enquanto a lateral do armário queimava, e o fogo pulou da caixa para a parede que ficava atrás.

— Vá. — Alara me empurrou à frente.

A porta do beco estava a apenas alguns metros de distância quando um espírito saiu das sombras, bloqueando nosso caminho.

Profundas marcas de garras cobriam o rosto e o pescoço do mágico morto, como se um animal selvagem o tivesse atacado. Pedaços inteiros de pele tinham sido arrancados de seu corpo despedaçado, mas um velho terno de veludo escondia os danos mais graves.

Lembrei-me da pele que se esticava sobre os ossos do dybbuk, que parecia estar apertada. Meu estômago se revirou.

Alara balançou a cabeça, incrédula.

— Tentei mantê-lo seguro — disse ele. — Aquele era o único lugar onde achei que ninguém o encontraria. Jamais

tive a intenção de que saísse daqui. — O espírito olhou para o armário que estava queimando e desaparecendo sem seu mágico. Seu braço disparou em nossa direção.

— Que a...

Tirei a pistola de pregos da cintura da calça e apertei o gatilho, lançando uma rajada de ferro frio sobre o corpo dele. O mágico explodiu, lançando partículas de veludo roxo sobre nós.

23. MARCADA

A fumaça preta subia do prédio, e sirenes tocavam a distância quando a van saiu do beco em alta velocidade. Jared estava deitado de costas com a cabeça em meu colo. Rolou em minha direção, e o braço caiu ao redor de minha cintura. Tirei o cabelo de seu rosto machucado.

Suas pálpebras estavam agitadas.

Ele estremeceu e me puxou mais para perto, apertando as costas de minha camisa enquanto passava os dedos por minha pele.

Jared piscou algumas vezes antes de seus olhos azuis olharem para mim, vidrados e sem foco.

— Kennedy? — murmurou ele, esforçando-se para sentar. — O que aconteceu?

Sacerdote tirou um dos fones de ouvido.

— Você tomou uma surra, foi isso.

Lukas guiou a van para um posto de gasolina deserto e entrou na traseira com o resto de nós.

— Você está bem? — Ele mostrou três dedos. — Quantos dedos têm aqui?

— Nove. — Jared afastou a mão dele com um tapa. — Agora me contem o que aconteceu.

Alara começou a falar sem dar chance aos outros.

— Kennedy desenhou a Parede no armário e prendeu o dybbuk lá dentro.

— Como sabia qual era o símbolo? — perguntou Jared.

Alara respondeu por mim.

— Ela o viu em meu diário.

— E você se lembrou?

Contar às pessoas pela primeira vez era a pior parte. Minha memória sempre me afastou dos outros, criando uma fronteira que eu não conseguia ultrapassar.

— Tenho memória eidética...

— Significa fotográfica — apressou-se Alara. — Ela consegue se lembrar de tudo o que vê e...

— Não tudo — corrigi. — Imagens e números, em geral.

— Não importa. — Alara desconsiderou minha negação. — Basicamente derrotou aquela coisa sozinha. Eu o chamusquei com um pouco de água benta, mas você fez o resto.

Eu ouvia, mal registrando o fato de que Alara estava falando de mim.

— Ela está exagerando, mas peguei isto.

Abri a mão e revelei os discos de vidro verde.

Alara sorriu.

— Como eu disse, fui apenas uma figurante.

Era estranho ouvi-la se gabar de mim. Entrar no poço para ajudar Sacerdote me valera certo respeito, mas era algo que qualquer um poderia ter feito. Desenhar a Parede era diferente. Exigia uma habilidade e finalmente provava que eu tinha algo a oferecer.

Sacerdote pegou os discos e os segurou contra a luz.

— Você encontrou dois?

— Estava escuro, e eles pareciam idênticos, então peguei os dois.

— Não sei se vão ser úteis para nós — disse Lukas. — A pista para encontrar a próxima peça já deve ter virado cinza a esta altura.

Sacerdote fechou a mão ao redor dos discos.

— Ele está certo. Encontramos as outras pistas perto dos discos.

— Nem todas. A figura do Engenho e a palavra *Lilburn* estavam no seu diário, e partes do meu são cifradas. Tem de existir alguma coisa... — Alara estremeceu e puxou a manga.

— Meu Deus.

Finas linhas se gravavam em sua pele, da mesma maneira que a marca de Sacerdote tinha se manifestado depois que ele destruíra o espírito de Millicent. O sinal se curvou e terminou em um triângulo, como o rabo do diabo no selo de Andras.

O incêndio causado por Alara já devia ter queimado o armário e destruído o dybbuk.

Ela enfiou a mão no bolso e esfregou o pulso com sal. Aos poucos, linhas pretas preencheram os talhos. Os garotos puxaram as próprias mangas, e Alara esfregou os cristais nos braços deles. O sal atuou como os discos de vidro, revelando um código invisível a olho nu. Os quatro posicionaram os pulsos para formar o selo, deixando apenas uma pequena seção faltando.

Estou prestes a receber minha marca.

Não tinha me dado conta do quanto queria aquilo: fazer parte do mundo secreto deles e de minha mãe. Ser um deles.

Em que momento isso tinha mudado?

Em Lilburn, quando Lukas salvou minha vida, ou no poço, quando Sacerdote e eu salvamos um ao outro? Quando Alara confiou em mim para desenhar a Parede de memória? Ou antes disso? Quando eles perderam quase tudo o que tinham por causa de um erro meu e mesmo assim não me deram as costas?

Talvez tivessem sido todos aqueles momentos angustiantes entre o White Stripes, um barbante azul, uma medalha de vodu e o peso do olhar de Jared ao se voltar para mim.

Ergui a manga devagar.

Será que vai doer?

— Vamos ver — disse Lukas, enquanto os quatro ainda mantinham os braços juntos, esperando pela última Pomba Negra. Virei o pulso para poder ver as linhas entalhando-se magicamente em minha pele.

Não havia marca.

A confusão se registrou no rosto deles, espelhando a minha.

— Esperem — disse Sacerdote. — A marca de Alara acabou de aparecer, e você atirou no espírito quando estava saindo. Deve ter sido alguns minutos depois do fogo destruir o dybbuk. Espere um pouco.

Alara levantou os olhos para encontrar os meus. Era impossível o fogo ter queimado a caixa e destruído o dybbuk antes de eu atirar no mágico e sairmos do prédio.

— Não sou uma de vocês. — Puxei a manga para baixo outra vez.

— Do que está falando? — Lukas parecia confuso.

— Kennedy destruiu o espírito vingativo antes. — Alara baixou os olhos como se de alguma forma aquilo fosse sua culpa.

Eu queria desaparecer.

Em vez disso, abri a porta e saí correndo.

A verdade me esmurrava a cada passo. Não estava destinada a proteger o mundo do demônio que assassinara minha mãe nem era o elo perdido de que a Legião precisava para destruí-lo.

No meio do estacionamento, uma mão se fechou em torno de meu pulso. Eu me virei. Jared olhava para mim, desesperado e perdido.

— Não tive a intenção de segurar você.

Queria dizer a ele que não tinha problema, que eu precisava que alguém me abraçasse até a dor se esvair.

Alguém que não me soltasse.

Não consegui dizer as palavras, mas Jared as ouviu mesmo assim. Passou o dedo pela alça do cinto de minha calça e me puxou para perto. Seu olhar continuou preso ao meu, e ele parecia conseguir enxergar os medos que me esforçava tanto para esconder.

Está me vendo?

Tudo na expressão dele dizia que sim. Ele percorreu a distância entre nós e me envolveu com os braços. Enfiei o rosto em seu peito. A mão de Jared deslizou sob meu cabelo, percorrendo meu pescoço com o polegar.

Eu me esqueci de como se respirava, pensava ou se fazia qualquer outra coisa além de abraçá-lo.

— Não sou eu. Nunca fui eu.

A bochecha de Jared roçou a minha quando ele sussurrou em meu ouvido.

— Você é a única.

Uma lágrima desceu por minha bochecha.

— Não precisa tentar me fazer sentir melhor.

— Eu quero.

— Por quê? Estou sempre estragando tudo e tornando as coisas mais difíceis para você... — Mordi o lábio, desejando não ter dito nada.

Jared recuou para poder me olhar, mantendo a mão em meu pescoço.

— Acha que torna as coisas mais difíceis para mim?

— Sei que sim.

— Só porque me preocupo com você.

— Não precisa se sentir responsável por mim — falei, a voz rouca.

Jared passou o dedo por minha bochecha, seguindo a linha que a lágrima tinha feito ao cair.

— Não é por isso.

Abri a mão e a apoiei no peito dele sem pensar. O coração de Jared batia contra minha pele sem marcas.

— Na metade do tempo, nem olha para mim.

Seus dedos deslizaram por minha nuca.

— E, na outra metade, não consigo parar de pensar em você.

Fechei a mão, amassando sua camisa.

— Jared...

Seu rosto ficou sombrio, e ele se afastou.

— Eu não deveria ter dito nada. Foi um erro.

Por um segundo, não entendi o que ele disse. Não depois de ter acabado de ir atrás de mim, me abraçar e falar...

Foi um erro.

Eu era um erro. Era isso o que ele dizia.

Não era a primeira vez que eu ouvia aquelas palavras. Um calor subiu por meu pescoço, que pouco antes sua mão tocava. Eu queria estar em qualquer outro lugar, menos ali, parada diante do garoto que não me queria.

Jared tentou pegar meu braço, e recuei, determinada a impedir que me tocasse de novo.

— Kennedy, você não entende...

Engoli em seco, lutando para conseguir falar. Não queria que ele soubesse quanto tinha me magoado.

— Não há nada para entender.

Comecei a virar as costas.

Jared pegou minha mão de novo.

— Não foi isso que quis dizer. Sei o que quero. — Ele mordeu o lábio e olhou para o cascalho sob nossos pés. — Só não posso ter.

— Por que não?

Jared levantou novamente os olhos azuis para encontrar os meus antes de deixar meus dedos escorregarem dos seus.

— Eu estrago tudo, e quem se machuca são as pessoas próximas a mim. — Ele enfiou as mãos nos bolsos e indicou algo atrás de mim com a cabeça. — Pergunte ao Lukas.

Fiquei ali paralisada enquanto Lukas e Sacerdote chegavam correndo até nós.

O sorriso de Lukas desapareceu. Raiva e ciúme se misturavam em seus olhos enquanto calculava mentalmente a distância entre Jared e eu. Ele não tinha como saber que estávamos a quilômetros de distância de todas as formas que importavam.

Sacerdote não pareceu notar.

— Sabemos que você é uma de nós, Kennedy. Acho que descobrimos por que sua marca não apareceu.

A marca.

A rejeição de Jared me distraíra temporariamente do fato de que o universo também tinha me rejeitado.

— Precisamos comparar notas para ter certeza. — Sacerdote continuou falando, mas eu não prestava muita atenção. Jared não olhava para mim, e Lukas não tirava os olhos do irmão.

As palavras se registraram aos poucos.

— Espere... vocês não sabem como elas funcionam?

Sacerdote andava de um lado para o outro pelo asfalto.

— Nossas famílias não deram muitos detalhes. Foi algo mais ou menos assim: "destrua um espírito vingativo e vai receber a marca".

— É bem autoexplicativo.

Lukas empurrou Jared para se aproximar.

— Tem muitas coisas sobre as quais não falaram, como o Engenho ou o fato de que um dos membros da Legião tinha sumido do mapa. Essa deve ser mais uma dessas coisas.

Pensei em todos os momentos em que os quatro pareceram estar descobrindo as coisas na hora. Provavelmente, nunca passara pela cabeça de seus familiares que iam todos morrer no mesmo dia, deixando a Legião nas mãos de cinco adolescentes que seriam obrigados a largar a escola para proteger o mundo de um demônio.

Lukas cutucou meu ombro com o seu.

— Volte e vamos explicar por que sua marca não apareceu.

Ele parecia ter tanta certeza.

Mas e se estivesse errado?

Alara estava sentada na traseira da van com as portas abertas e o diário no colo.

— Contaram a ela?

— Ainda não. — Sacerdote entrou ao lado dela, vibrando de animação. — Então ouça isto. Recebi minha marca depois de ter destruído o espírito de Millicent no poço com o dardo que fiz, certo?

Lukas continuou sem perder tempo.

— A minha apareceu depois que derrotei uma Mulher de Branco cujos padrões tinha rastreado durante meses.

Alara mexeu em sua argola de sobrancelha.

— E minha marca se manifestou porque usei talismãs de proteção para derrotar o dybbuk: água benta para levá-lo até o armário e fogo para destruí-lo.

— Mas desenhei a Parede — retruquei. — Eu ajudei.

— Não importa — disse Sacerdote. — Foi o fogo que o destruiu. Pense bem. O dardo que fiz, o espírito que Lukas rastreou, os talismãs de Alara...

Os olhos de Jared se iluminaram.

— Faz sentido.

— Que bom que faz sentido para todo mundo — resmunguei.

— Armas não são sua especialidade — continuou Sacerdote. — A marca não apareceu porque você atirou em um espírito vingativo com uma pistola.

— Não estou entendendo.

Ele se virou para Jared.

— Como você conseguiu a sua?

Jared fechou os dedos em torno do ponto onde sua marca estava dormente.

— Com um bastão de ferro frio. Tinha prendido o espírito em um mata-leão e enfiei o bastão em suas costelas.

Alara revirou os olhos.

— Não esperaríamos nada menos que isso.

Ainda posso ser um deles.

— Mas não tenho uma especialidade.

Alara ergueu as sobrancelhas.

— Está brincando, não é? Você desenhou a Parede de memória.

Minha memória eidética não parecia ser uma arma impressionante na batalha contra espíritos mortais.

Sacerdote balançou a cabeça.

— Além disso, a capacidade de desenhar símbolos é diretamente relacionada à invocação. Convocar e comandar anjos e demônios.

— Claro que sei desenhar, mas não consigo convocar nada, muito menos um anjo ou um demônio.

Sacerdote olhou direto para mim.

— Então está com sorte, porque não precisa invocar um espírito vingativo. Só precisa matá-lo.

24. A ÚNICA

Fiquei do lado de fora da cafeteria e, pela vitrine, observei Lukas pagar o garçom. Depois de dormir na van durante a noite, teria matado para me afundar em um das poltronas de couro que havia lá dentro. Mas a loja era minúscula e, embora estivéssemos a 80 km de Sunshine, a possibilidade de alguém me reconhecer era grande demais.

Ficar do lado de fora ainda era melhor do que ficar enfiada na van.

Sacerdote e Jared tinham ido à cidade comprar suprimentos assim que acordaram, enquanto Alara explorava os diários, procurando uma pista que pudesse levar a outra peça do Engenho. Ela só tinha aguentado vinte minutos antes de exigir uma incursão em busca de cafeína, e aproveitamos felizes a chance de ver alguma coisa além do interior da van.

Lukas voltou com um suporte de papelão para bebidas e me entregou um copo fumegante.

— Este é seu.

— Obrigada. — Tomei um gole. — Você colocou canela. Ele deu de ombros.

— Lembrei que você gostava.

Claro que tinha lembrado.

Lukas andou pela rua, e eu o acompanhei.

— Está tudo bem?

Ele me deu um sorriso fraco.

— Apesar de quase ter sido morto e de incendiar uma loja?

— Parece que está zangado comigo.

Lukas tirou sua moeda do bolso e a rolou sobre os dedos algumas vezes antes de responder.

— Não estou zangado. Só decepcionado. Não achei que Jared teria uma chance com você, porque não é como as garotas que normalmente se apaixonam por ele.

Meu estômago se revirou.

De quantas garotas estava falando?

Um calor se espalhou por meu rosto. Acelerei o passo, torcendo para Lukas não perceber que eu estava ruborizada.

— Kennedy! — Lukas puxou meu braço com tanta força que achei que o ombro ia se deslocar.

Um carro buzinou e cantou pneus.

Lukas me puxou de volta para a calçada, bati contra seu peito, e ele entrelaçou os braços ao meu redor. Por um segundo, fiquei apavorada demais para me mover. Ele se afastou e me segurou com os braços esticados.

— Você está bem?

Assenti, observando o café vazar dos copos para a rua.

Lukas balançou a cabeça.

— Sou um idiota. Não deveria ter dito nada.

— Você não é o idiota.

Ele tirou meu cabelo do rosto.

— Só não quero que se machuque.

Eu não conseguia olhar para ele.

— Não se preocupe. Isso não vai acontecer.

Sua moeda prateada estava caída na calçada. Eu me abaixei para pegá-la, analisando-a pela primeira vez.

— Era do meu pai. Foi a única coisa que ele deu para mim e não para Jared.

No centro da moeda, havia uma pomba pousada em um galho com cinco ramos. Uma frase estava gravada ao redor da circunferência em uma língua que eu não conseguia identificar.

— É italiano. Diz: "Que a pomba negra sempre o carregue".

Virei a moeda para ver o outro lado.

Era exatamente igual.

※ • ※

Depois de uma segunda incursão para comprar café, finalmente voltamos à van. Jared estava sentado no capô revirando a bolsa de compras de uma loja de produtos esportivos com Sacerdote.

— Vocês sumiram por um tempão. — Jared tentou esconder a aspereza em sua voz. — Achei que alguém tivesse reconhecido você de novo.

Passei por ele.

— Estávamos conversando.

— Bom, nós estávamos esperando. — Ele tentou parecer casual, mas falhou completamente. — Alara encontrou uma coisa e quer mostrar a todos ao mesmo tempo.

Alara estava sentada na grama com os diários abertos ao seu redor.

— Então, o que você achou? — perguntou Sacerdote.

— Deem uma olhada. — Ela abriu o diário de Jared em uma página coberta de fileiras de letras entremeadas por espaços em branco.

Jared suspirou.

— Isso está aí desde sempre. É uma antiga técnica de criptografia que exclui letra sim, letra não de cada palavra. Mas não é fácil de decifrar porque as palavras não são separadas, então os padrões são difíceis de entender. Lukas já tentou.

— E se não precisarmos identificar o padrão? — Havia uma sugestão de sorriso nos lábios de Alara.

Sacerdote se debruçou sobre a página.

— Não existe outro jeito de decifrar isso.

— Lembra-se de quando você disse que cada tom de vidro podia ser usado para revelar uma camada diferente do espectro infravermelho? — Alara abriu os dedos. Os dois discos verdes da loja de mágica estavam sobre a palma de sua mão. — Eu os experimentei em páginas aleatórias de nossos diários.

Ela passou um dos discos sobre o código do diário de Lukas. As letras que faltavam apareceram como se tivessem sido escritas em tinta invisível. Não havia espaços entre elas, mas estavam todas ali. Alara segurou o disco e jogou o falso na grama.

— Descobri que este é o verdadeiro.

Lukas ficou boquiaberto.

— Me arranjem um papel.

Alara ditava as letras enquanto Lukas as transcrevia. Em minutos, a página ficou coberta, e sua caneta ainda não tinha parado de se mover.

— O que diz? — Sacerdote se debruçou sobre o ombro de Lukas. "No Sleep Till Brooklyn", dos Beastie Boys retumbava dos fones de ouvido. Ele balançava a cabeça no ritmo enquanto Lukas riscava linhas entre as letras para separar as palavras.

Quando terminou, Lukas virou o diário.
— Deem uma olhada.

derek / lockhart

a peça está escondida onde a maioria nunca se atreveria a procurar / nas mãos do guardião pelo qual a maioria nunca passará / mas se você está lendo isto a tarefa continua a mesma / lembre-se das lições dos outros que tentaram roubar dos mortos / ninguém jamais a tirará de corações misericordiosos / que a pomba negra sempre o carregue

Alara acrescentou mais alguns pacotinhos de açúcar ao café.
— Que encorajador.
— Já ouviram falar de Corações Misericordiosos? — perguntou Sacerdote.
Lukas pegou o celular e começou a digitar.
— Só pode ser um lugar.
Alara cutucou o esmalte prateado.
— Tem certeza?
— Todas as outras pistas se referiam a lugares — disse ele. — Já achei algumas ocorrências.
Eu não estava mais ouvindo. Não conseguia parar de pensar na parte da mensagem que nenhum deles estava comentando.
Lembre-se das lições dos outros que tentaram roubar dos mortos. Ninguém jamais a tirará de Corações Misericordiosos.

⇥ • ⇤

"Os cinco membros da família foram encontrados na noite de ontem depois de um vizinho relatar tiros". A voz do jornalista crepitava pelo rádio da van. "Este é o terceiro homicídio múltiplo na parte oeste do condado de Montgomery nas últimas duas semanas. Em uma declaração oficial feita nesta manhã, o chefe de polícia Montano disse que esse nível de violência não tem precedentes. Cidadãos assustados querem respostas."

Era o segundo relato da ocorrência de um crime violento em menos de uma hora.

Lukas desligou o rádio.

— Ou estamos chegando à Medula ou uma multidão de criminosos decidiu se mudar para a mesma área.

Jared dirigia a van nas estreitas estradas secundárias que serpeavam pela floresta.

— Só espero que esteja certo sobre o lugar para onde estamos indo.

— O orfanato é o único Corações Misericordiosos em um raio de 300 quilômetros — disse Lukas. — E, a julgar pelo que aconteceu naquele lugar, o disco vai estar lá.

Sacerdote despejou a bolsa de compras da loja de produtos esportivos, e uma pilha de armas retiniu contra o chão.

— Não se preocupem. Cubro nossa retaguarda.

— Alguém vendeu isso a você? — perguntei. Sacerdote não parecia ter idade suficiente nem para comprar um bilhete de loteria.

— Armas de paintball. — Ele segurou um modelo preto estilo militar. — Curto alcance com mira a laser. — Sacerdote abriu um pacote de bolas de plástico cinza. — Vou encher essas cápsulas com água benta e agrimônia em vez de tinta.

Alara examinou uma das cápsulas.

— Só se você tiver trazido um pote de agrimônia do armazém.

— Podemos usar alguma outra coisa?

Ela pegou uma pistola prateada de cano duplo que combinava com seu esmalte.

— Sal grosso e cravos devem servir. Ambos repelem espíritos.

Sacerdote se debruçou para o banco da frente.

— Podem achar um mercado e uma loja de ferragens? Ainda preciso de uma pistola de calafetar, acendedores automáticos de lareira e spray para cabelo. Enfim, o básico.

— Planejando uma reforminha na casa? — implicou Alara.

Sacerdote começou a desenhar uma arma em um pedaço de papel.

— Mais ou menos isso.

⚔ • ⚔

Sacerdote jogou a décima lata prateada no carrinho de compras. Estávamos em um supermercado comprando os materiais de que ele precisava para o que quer que estivesse fazendo, um detalhe que se recusava a compartilhar.

— O que exatamente vai fazer com todo esse spray para cabelo? — Eu mantinha a voz baixa, com cuidado para esconder o rosto sob as pregas do capuz do casaco gigante de Sacerdote.

— Inventores jamais revelam seus segredos. — Ele riscou outro item da lista escrita em sua mão.

— Achei que eram os mágicos.

Ele pegou alguns rolos de fita adesiva, a base de seu arsenal.

— As mesmas regras se aplicam.

— Devemos comprar mais cravos?

Alara já havia comprado uma cesta cheia e voltado à van com Lukas para encher as cápsulas de paintball, e Jared fora à loja de ferragens em busca de uma pistola de calafetar que satisfizesse às especificações de Sacerdote. Todo o restante da lista ficara por nossa conta.

Sacerdote deu de ombros.

— Não custa nada.

Empurrei o carrinho, e ele jogou ali dentro mais acendedores automáticos.

— Você disse que cresceu no norte da Califórnia, não foi?

— É. Perto de Berkeley.

— Com seus pais? — Depois da história de Alara, eu torcia para que a norma não fosse os avós sequestrarem os netos para o treinamento.

Sacerdote conferiu os itens nos dedos, somando mentalmente nossas compras.

— Meus pais morreram em um acidente de carro quando eu tinha 3 anos. Meu avô me criou.

— Sinto muito.

— Não me lembro muito de minha mãe e meu pai, mas ele falava deles o tempo todo.

Percorremos o corredor de cereais, e Sacerdote pegou uma caixa de Lucky Charms.

— Não conte a Alara. Isto não está na lista de compras aprovada.

Olhei para a caixa vermelha, lembrando-me da primeira vez que minha mãe havia tirado uma igual àquela da sacola de compras em nossa cozinha.

Nós nos sentamos de pernas cruzadas no chão da sala de estar enquanto ela despejava o cereal em uma enorme tigela de vidro. Depois, ela me entregou uma tigela menor.

— Vamos catar todos os marshmallows coloridos do cereal e colocá-los na sua tigela, OK?
— E depois?
Ela riu e jogou um dos marshmallows na minha boca.
— Vamos comê-los.
— Kennedy? — Sacerdote olhava para mim. Ele já percorrera metade do corredor, e eu estava parada no mesmo lugar.
— Desculpe. Do que mais precisamos?
Ele verificou a mão outra vez.
— Limpa-vidros, uma vela de sete dias, fósforos e gordura vegetal.
— Gordura vegetal?
— É basicamente graxa. Um WD-40 barato.
Fiz uma nota mental de nunca mais comer nada que contivesse gordura vegetal.
Eu me perguntei o que ele podia fazer com aquela tralha.
— Não acredito que seu avô o ensinou a fazer tudo isso.
— Ele me ensinou tudo. — Sacerdote abriu o Lucky Charms e catou alguns marshmallows. Ele me ofereceu a caixa, mas fiz que não com a cabeça. — Eu estudava em casa. Metade do dia era dedicada intensamente ao currículo estadual, e a outra, à engenharia mecânica, física e coisas básicas da Legião.
Sacerdote não se parecia com os poucos estudantes domiciliares que eu conhecia perto de casa, que ainda estavam se atualizando nos programas de TV das duas últimas décadas. Na escola em que eu estudava, ele estaria em todas as turmas avançadas, mas, em vez de andar com os aspirantes a orador, provavelmente teria preferido os skatistas. Não era difícil imaginá-lo no corredor usando os fones de ouvido e sendo DJ de festas nos finais de semana.
— Então sempre soube que entraria para a Legião?

— Sim. Sou filho único, e todos os meus primos são muito burros. Meu avô não os deixava nem trocar as pilhas de um controle remoto. — Ele balançou a caixa, procurando mais marshmallows.

— Queria ter crescido sabendo a verdade sobre meu papel em tudo isso. Se é que existe algo a saber.

Sacerdote parou de andar.

— A verdade é relativa. Talvez sua mãe fosse contar, mas morreu antes de conseguir.

Queria acreditar naquilo com todas as minhas forças.

Ele jogou mais um punhado de marshmallows na boca e sorriu.

— Então, Jared, hein?

— O quê? — Tentei parecer chocada.

Sacerdote deu de ombros.

— Se não quiser falar sobre isso, entendo.

— Não há nada de que falar. Acredite.

— Ninguém mais sabe, se é com isso que está preocupada. Sou muito mais observador que os outros, um resultado de minha educação superior e de meu alto Q.I. — disse ele, com sarcasmo.

Eu não sabia como explicar meus sentimentos por Jared nem se devia tentar.

— Jared não gosta de mim. — Coloquei o conteúdo do carrinho na esteira do caixa.

Sacerdote inclinou a cabeça.

— Tem certeza?

Eu tinha medo de considerar a alternativa.

— Não posso me arriscar mais. Estou tentando manter a sanidade.

Sacerdote me lançou um olhar astuto.

— Talvez não seja a única.

25. CORAÇÕES MISERICORDIOSOS

Uma camada de poeira preta cobria as janelas que não estavam quebradas. Uma placa enferrujada no prédio de pedra confirmava que estávamos no lugar certo: ORFANATO CORAÇÕES MISERICORDIOSOS.

Do outro lado dos portões de ferro, o jardim era um emaranhado de ervas daninhas e trepadeiras infestadas de ratos que subiam pelas laterais de pedra lascada.

O lugar mais parecia uma prisão que um orfanato, do gira-gira enferrujado do parquinho ao salgueiro-chorão podre e partido ao meio.

Havia algo caído na terra, um livro encapado com tecido desbotado. Eu o peguei e espanei a capa.

O jardim secreto.

Senti um aperto no peito, e o livro escorregou de minha mão. As páginas soltas flutuaram para o chão. Meu pai lera a história para mim quando era nova demais para entender a maior parte, mas me lembrava do título e, mesmo assim, nunca a tinha lido.

— Kennedy? — Lukas parecia preocupado. — O que foi?

Pousei os olhos sobre o livro por um segundo antes de me afastar.

— Nada.

Jared distribuía o equipamento.

— Precisamos ter cuidado ali dentro. Muitas crianças morreram aqui, e alguns de seus espíritos ainda devem estar presentes.

A impressão da palma de uma única mão estava gravada no centro de uma das vidraças.

— Como morreram? — perguntei.

Lukas colocou uma arma de paintball sobre o ombro.

— As matérias dizem que houve um surto de meningite.

Jared jogou para cada um de nós um rádio comunicador e um pacote de pilhas. Mais materiais da loja de artigos esportivos.

— Sacerdote os alterou com repartidores para podermos manter contato. Se conseguirmos manter as pilhas carregadas.

Enfiei as pilhas extras no bolso da calça cargo.

— Por que não ficariam carregadas?

Sacerdote desatarraxou a parte posterior de seu medidor de campo eletromagnético e trocou as pilhas.

— Espíritos absorvem a energia das coisas ao redor, incluindo pilhas. Se houver muitos lá dentro, vamos gastá-las rápido.

— Lukas, leve Sacerdote e Alara e verifique o sótão e o segundo andar. — Jared carregou a arma de paintball preta. — Kennedy e eu vamos ficar com o primeiro andar e o porão. Entramos em contato a cada vinte minutos. Se os rádios morrerem, nos encontramos na porta da frente depois de meia hora.

Todos recolheram seus equipamentos, menos Lukas.

— Por que ela vai com você?

Jared não se deixou abalar.

— Que diferença isso faz?
— Se não faz diferença, ela pode vir conosco.
— Porque você fez um ótimo trabalho cuidando dela na última vez? — Jared virou as costas para Lukas e me chamou com um gesto. — Vamos.

Lukas estremeceu.

— Imagino que nada possa acontecer a ela com você por perto. Porque nunca erra.

Jared parou de repente, e seu rosto ficou pálido. Lukas estava falando de algo específico.

Eu me coloquei diante de Jared, sem querer participar do jogo deles.

— Não fale de mim como se eu não estivesse aqui. Não sou uma criança. O que aconteceu não foi culpa de Lukas.

Jared foi a passos largos em direção aos degraus de concreto rachados do orfanato.

— Venha. Vamos — disse Lukas.

Esperei até Jared estar fora do alcance de minha voz.

— Vou com Jared desta vez. Ele não pode entrar ali zangado, ou vai ficar distraído. É perigoso.

O rosto de Lukas desmoronou, mas, mesmo assim, ele se forçou a dar um sorriso e enfiou uma mecha solta de cabelo atrás de minha orelha.

— Tome cuidado.
— Vou tomar.

Jared esperava diante da porta da frente com Sacerdote e Alara. A madeira podre não oferecia muita resistência, e ele a abriu facilmente com um empurrão.

— Vemos vocês mais tarde — gritou Sacerdote ao subir a escada com Lukas e Alara.

O térreo estava escuro, feixes de luz passavam pelas janelas cobertas de sujeira. Um sofá amarelo roído por traças, cercado de latas vazias de cerveja e guimbas de cigarro, era tudo o que restava da sala de estar. Um rato correu pelo chão, e me sobressaltei, esbarrando em Jared.

— Desculpe — murmurei.

Ele ligou uma lanterna, e o segui para a cozinha.

A pequena janela que ficava sobre a pia branca e manchada estava coberta com uma década de gordura e fornecia a única luz natural. As placas de linóleo se soltavam do chão como as extremidades retorcidas de papéis queimados. O padrão de decadência continuava até a porta da despensa, que estava levemente entreaberta, destruída e empenada, igual a todo o resto daquele lugar. Eu a cutuquei com a bota.

A porta se abriu com um rangido.

Congelei.

— Jared...

Havia uma menininha sentada no chão com uma camisola suja, abraçando os joelhos contra o peito. Enormes olhos castanhos atormentados olhavam através de mim como se eu não estivesse ali. Ela balançava levemente o corpo frágil, engolido pelas pregas do tecido. Ao contrário das aparições de corpo inteiro que eu tinha encontrado, esta era indistinta e esmaecida.

Recuei lentamente.

A criança não desviou os olhos de um ponto em algum lugar atrás de mim.

Jared segurou meu cotovelo.

— É um espírito residual, energia deixada para trás depois que a pessoa segue em frente. Não pode machucar você.

— Acho que vou manter distância mesmo assim.

Mesmo que não encontrássemos um único espírito vingativo dentro daquelas paredes, o lugar estava cheio de fantasmas, vestígios das coisas terríveis que deviam ter acontecido ali. Coisas que eu via tão claramente quanto as janelas quebradas lá de fora.

Jared abriu a porta da despensa seguinte, e me enrijeci, esperando ver o rosto de outra criança perdida. Esta estava cheia do chão ao teto com paletas fechadas a vácuo. Jared se abaixou, limpando a poeira do plástico grosso. Li os rótulos e tive uma ânsia de vômito.

Comida de cachorro, latas e mais latas, empilhadas até o teto. O bastante para cinquenta cachorros.

Ou cinquenta crianças.

Jared chutou a pilha.

— Meu pai dizia que o mal que fazemos uns aos outros é pior que qualquer coisa que espíritos e demônios podem fazer contra nós. — Ele pegou uma lata amassada de comida de cachorro e a jogou contra a parede, espalhando líquido marrom pelo papel de parede. — Até agora, jamais acreditara nele.

Estática crepitou pelo rádio de Jared.

— É o Sacerdote. Vocês estão bem?

— Estamos — disse ele. — Encontraram alguma coisa aí em cima?

— Ainda não. Falo com você em vinte minutos.

Jared recolocou o rádio no bolso.

— Vamos ver se tem alguma coisa no porão.

Eu mal podia esperar para sair da cozinha. O resíduo de desespero se grudava a minha pele como a sujeira que cobria as janelas. Precisávamos encontrar a próxima peça do Engenho e sair daquela casa.

A porta do porão ficava enfiada embaixo da escada, fechada por dois cadeados na parte de cima, muito longe do alcance de uma criança.

Não conseguia imaginar o terror de ficar trancada em um porão. Minha pulsação se acelerou quando Jared destrancou a porta. A escada de madeira despedaçada sumia dentro de um mar de escuridão.

Ele usou a lanterna para contornar as rachaduras nos degraus.

— Fique perto.

— Sem problema. — Não tinha a intenção de me perder lá embaixo.

Na base da escada, era impossível enxergar mais que alguns metros. Peguei a mão de Jared sem pensar, morrendo de medo de nos separarmos.

Um corredor se estendia diante de nós, mas parecia mais um túnel.

— Acho que leva a outro cômodo.

Jared iluminou as paredes com a lanterna, e eu estremeci. Desenhos cobriam as partes mais baixas: retratos infantis de casas quadradas com telhados triangulares e famílias feitas de bonecos de palitinhos, que se transformavam em imagens mais sinistras. Crianças chorando enquanto monstros as assombravam, com dentes expostos e garras afiadas como navalhas.

Quando o corredor se abriu para um enorme cômodo, a temperatura caiu e o ar frio percorreu minha pele. Apertei a mão de Jared com mais força. Eu tinha deixado o orgulho no topo das escadas, assim como a coragem.

Uma lâmpada exposta tremeluzia do outro lado do cômodo, revelando a verdade sobre aquele lugar em débeis rajadas de luz. Elas estavam em duas fileiras nas extremidades das camas de alumínio com colchões finos e tiras puídas de lona:

Crianças. Pelo menos vinte.

Indo de 4 ou 5 anos até 9 ou 10, eram todas doentias e esqueléticas, usavam as mesmas roupas de baixo longas e sujas. Com o cabelo raspado a menos de 3 cm, era difícil distinguir os meninos das meninas. Seus olhos refletiam a luz quando ela os atingia, como se ainda estivessem entre os vivos.

Mas havia algo errado com o rosto delas.

Os músculos estavam paralisados, contorcidos em expressões antinaturais e sorrisos exagerados. Apenas os olhos se moviam, transmitindo as emoções que o rosto não podia.

— Vire-se devagar. — Jared manteve a voz baixa. — Vamos voltar pelo mesmo caminho.

— Não, não vamos.

Olhei para duas crianças paradas atrás de mim. Elas nos observavam curiosamente, os rostos tão deformados quanto os das outras. Estavam de mãos dadas, e a mais alta segurava a mão da mais nova de um jeito protetor. Olhos cor de aço e inocentes olhos azuis nos encaravam.

Jared me puxou mais para perto.

A criança mais alta levantou um braço magro. Havia um acesso intravenoso de plástico preso com esparadrapo na parte interna de seu cotovelo ossudo. Ele apontou para o outro lado da sala, onde as crianças remanescentes estavam enfileiradas.

— O que elas querem?

Jared puxou minha mão para suas costas e me aproximou mais.

— Aconteceu alguma coisa aqui. Acho que precisam que sejamos testemunhas para poderem descansar.

A criança ainda apontava.

— Devemos fazer o que ele quer?

— Espíritos de crianças são imprevisíveis, mas acho que não temos escolha. São muitas. Se ficarem agitadas...

Assenti.

— Vamos.

Virar as costas para aquelas crianças-que-não-eram-crianças era aterrorizante. Eu não parava de pensar na garota de vestido amarelo em Lilburn, que parecia tão inocente pouco antes de tentar nos matar.

Nós nos aproximamos enquanto a lâmpada vacilante banhava o quarto de luz fraca. Havia um suporte para soro posicionado na cabeceira de cada cama amassada, as tiras de lona estavam bem presas sobre os colchões descobertos, como se ainda segurassem corpos.

Recortes de jornal amarelados estavam colados nas paredes. Observei as manchetes assustadoras: *Sete crianças morrem em lar coletivo de West Virginia; Irmãos absolvidos por envenenar os pais após anos de maus-tratos; Enfermeira de Harken demitida por administrar dose letal de medicamento*.

Não aguentei mais ler.

Voltei a olhar as fileiras de olhos esperançosos. Sem uma palavra, cada criança estendeu um dos braços. Um pedaço de esparadrapo prendia o acesso intravenoso na parte interna de cada cotovelo. Uma das crianças mais frágeis me entregou um frasco âmbar com letras maiúsculas datilografadas no rótulo amarelo: ESTRICNINA.

Jared esfregou a mão livre no rosto.

— Estricnina causa dano muscular... — Enquanto ele falava aquelas palavras, seus olhos se arregalaram. — Elas foram envenenadas.

Bile subiu ao fundo de minha garganta.

— E os responsáveis não foram punidos.

— Não — disse Jared, os olhos cheios de raiva. — Meu pai dizia que as evidências do mal podem ser escondidas, mas sempre se deixa uma mancha. Vamos contar a alguém o que aconteceu aqui.

A criança mais velha que estava atrás de mim foi em direção às outras, chamando-nos para segui-la.

Chegamos à ultima cama.

A parede atrás estava quebrada, como se alguém tivesse tentado passar. Um buraco mais ou menos do tamanho de uma pequena porta revelava a estrutura de madeira no interior da parede e os tijolos por trás. Quem quer que tivesse começado o buraco, nunca o terminara.

Ouvi um som. Começou fraco e se intensificou.

— São...?

— Arranhões.

Estavam vindo de dentro da parede.

As crianças a nossa volta se espalharam, escondendo-se atrás das camas de alumínio. Um vulto saiu do buraco.

Um garoto.

Era mais velho que as outras crianças, devia ter uns 13 ou 14 anos. Era difícil ter certeza, mas era muito mais alto que os outros, tinha traços mais definidos e olhos vazios. Uma marreta apoiava-se contra seu ombro.

Ele se aproximou com as roupas cobertas de poeira e de fragmentos dos pedaços de concreto esmigalhados.

— Tentei encontrar uma saída, juro. Mas os tijolos eram grossos demais. — A voz do garoto falhou, e seus olhos vermelhos tinham uma expressão ensandecida. — Fui o único que sobrou.

Será que achava que ainda estava vivo?

— Meu pai vai ficar zangado se descobrir que vocês vieram aqui embaixo. Vai me punir. — O espírito andava de um lado para o outro diante de nós, resmungando para si mesmo.

— Ele se foi — disse Jared. — Não precisa mais se preocupar com ele.

Os olhos do espírito se estreitaram.

— Estranhos mentem. Se eu cuidar do que é dele, vai voltar para me buscar. Ele prometeu.

O garoto só podia estar se referindo às outras crianças. Será que era responsável por mantê-las ali embaixo até que o pai louco as matasse?

Jared ergueu a arma semiautomática de paintball, empurrando-me para trás de si. O espírito sumiu quando as cápsulas de paintball explodiram contra a parede e a água benta marrom escorreu.

Um braço envolveu meu pescoço por trás. A extremidade de algo fino e pontiagudo pressionou a pele sob minha orelha.

Uma agulha.

Cada inspiração aproximava a ponta, e a imaginei furando a pele e enchendo meu corpo com o veneno que devia ter matado cada criança daquele quarto.

Jared jogou longe a arma. Ela girou sobre as pegadas no chão de concreto.

— Não a machuque. Faço o que você quiser.

A mão do espírito se movia enquanto ele falava, e a agulha ameaçava furar minha pele.

— Preciso protegê-la. Depois serei livre.

— Posso tirar você daqui — argumentou Jared.

— É tarde demais para isso — sussurrou o garoto em meu ouvido. Seu hálito não tinha calor. Ele me empurrou para a frente sem me soltar. — Ande.

Jared recuou devagar, sem tirar os olhos de mim.

O espírito apertou meu pescoço com mais força e indicou a Jared o buraco despedaçado na parede.

— Entre ali.

Jared entrou no buraco sem hesitar, uma porta que não levava a lugar algum. Esperei, rezando para não sentir a picada da agulha.

Um segundo se passou, depois outro.

Com um empurrão forte, tropecei para dentro da abertura rudimentar. Jared me puxou em sua direção. Estávamos presos em uma gaiola de estrutura de madeira, que não era maior que uma cabine telefônica e não tinha nada além de tijolos sólidos atrás.

Jared entrelaçou os braços em minha cintura.

— Está tudo bem.

Olhei para ele a tempo de ver sua expressão mudar de alívio para terror. Ele me virou de costas para a parede de tijolos. Fiquei voltada para o buraco. O corpo de Jared colocou-se entre o espírito maligno e eu.

— O que você está... — ofeguei, quando uma tábua bateu contra a abertura e pregos foram martelados na madeira.

— Ele está fechando o buraco.

Minha garganta se fechou junto. A escuridão, a lembrança e o terror irromperam em mim. Perdi o equilíbrio por causa da tontura.

Outra tábua atingiu a parede.

— Não! — lancei as mãos contra ela, empurrando com toda a força. A madeira vibrava cada vez que a marreta atingia um prego. Jared se virou, e ambos ficamos voltados para as fatias do quarto que ainda eram visíveis.

Eu não conseguia mais ver os espíritos das outras crianças, apenas relances da lâmpada exposta e da cabeça da marreta.

Jared esmurrou as tábuas com os punhos, mas elas não cederam.

— Os pregos não deveriam ser tão fortes.

A marreta bateu em outro prego.

O som me fez lembrar dos parafusos caindo no chão do armazém quando haviam se desatarraxado sozinhos da janela. Lukas e Jared não tinham conseguido mantê-la no lugar.

Será que o espírito do garoto estava reforçando aqueles pregos do mesmo jeito?

Outra tábua bateu contra a abertura, eclipsando o último feixe de luz. A marreta batia sem parar contra a madeira. Contei cada prego.

Vinte e sete.

Era esse o número quando o último foi pregado, prendendo-nos lá dentro.

26. DENTRO DAS PAREDES

Ele nos prendeu. Ele nos prendeu. Ele nos prendeu.
Eu me ouvia gritar, mas as únicas palavras que conseguia distinguir eram as que havia dentro de minha cabeça.

Eu voltara para dentro do armário de minha mãe, indefesa e apavorada, sendo atacada pelas lembranças, uma após outra. A escuridão pressionando por todos os lados, pesada e sufocante. Minha respiração entrecortada. O cheiro de naftalina e cedro. Madeira lisa sob minhas mãos, que percorriam as paredes.

Agora estava presa de novo.

Arranhei a madeira, enfiando farpas sob as unhas e cortando a pele. Ignorando a dor, esmurrei e rezei para uma das tábuas se quebrar. Embora mal conseguisse vê-lo, sentia as mãos de Jared arranhando e esmurrando com as minhas.

— Como vamos sair? — Eu ouvia o eco de minha própria voz.

— Os pregos são fortes demais. Ele deve estar mantendo-os no lugar.

Jared parou de lutar e voltou-se para mim, passando os braços em torno de meu pescoço e me puxando para ele.

— Vai ficar tudo bem. — Ele tentou parecer convincente, mas nossos corpos estavam próximos demais para mentir. Seu coração batia ainda com mais força que o meu.

Minha cabeça se apoiou ao peito de Jared, e ouvi o som de sua respiração. Estava acelerada demais, como as batidas do coração.

Ele se inclinou, a boca em meu ouvido.

— Não vou deixar nada acontecer a você. Vou nos tirar daqui. Prometo.

Respirei fundo, ainda com a cabeça enfiada em sua camisa.

— Não faça promessas que não pode cumprir.

Ele pegou meu rosto entre as mãos e ergueu meu queixo com o polegar.

— Quero que saiba que nunca faria isso.

Assenti, assustada demais para saber qualquer coisa.

— Me dê seu rádio — disse ele. — Deixei o meu cair quando lutava com o garoto morto.

Eu o tirei do bolso e o escorreguei entre nós. Jared apoiou os braços em torno de meu pescoço, mexendo nos botões. Pressionou o botão várias vezes, repetindo as mesmas palavras:

— Lukas? Sacerdote? Alara? Tem alguém aí?

— Estamos dentro de uma parede. Não vamos conseguir sinal. — Fechei os olhos com força, tentando não chorar.

— Não importa. Como não vamos aparecer, virão nos procurar.

Balancei a cabeça, e lágrimas correram por meu rosto.

— Não quero que venham.

— Por que não?

Se eles fossem até ali, podiam se machucar. Havia muitos espíritos, e era impossível prever o que aconteceria se aquelas crianças traumatizadas se sentissem ameaçadas. Algum dia, o garoto da marreta devia ter sido dócil como as outras.

Pressionei o rosto contra o peito de Jared e tentei recuperar o fôlego.

— Kennedy, está chorando? — Ele se afastou, tentando olhar para mim, mesmo que fosse impossível me ver no escuro.

— Não.

Ele me abraçou com mais força, pousando o queixo sobre minha cabeça.

— Sinto muito. Deveria ter deixado você ir com Lukas.

— Não tinha como saber.

Jared inspirou, trêmulo.

— Ele é o melhor dos dois. Sempre estrago tudo. Não importa o que faça.

Coloquei as palmas da mão em seu peito.

— Você protege todo mundo.

Sua respiração falhou, e a pessoa que parecia tão inquebrável finalmente se quebrou.

— É o que acha? Se soubesse a verdade, nunca diria isso. Ferrei tudo. Pior que isso. — Seu peito arfava. — Pior que tudo.

Estendi a mão para tocar suas bochechas úmidas.

— Não pode ser tão ruim...

Jared pegou meus pulsos e os apertou com força.

— É muito ruim. *Sou* muito ruim. Se soubesse o que fiz, não ia querer me tocar ou ficar perto de mim.

Ele estava desmoronando, como tinha acontecido comigo tantas vezes.

— Não é verdade. Seja o que for...

Jared explodiu.

— Matei nossos pais... sua mãe, meu pai, todos. Estão mortos por minha culpa. Quer ficar perto de mim agora?
Ouvi as palavras, mas não faziam sentido.
— Do que está falando? Você nem conhecia minha mãe.
— Não, mas queria conhecer. — Jared pressionou o rosto contra minhas mãos, ainda segurando meus pulsos. — Queria encontrar todos os membros da Legião. Achava que seriam mais fortes juntos, como dizem os diários. Não acreditei quando meu pai me disse que Andras estava sempre atrás deles, que era arriscado demais. Então comecei uma pesquisa própria, juntando informações que entreouvia em conversas entre meu pai e meu tio a coisas que meu pai tinha me contado. Se dois membros da Legião não fossem da minha família, talvez jamais tivesse descoberto. Mas encontrei todos. Até mesmo sua mãe, aquela que ninguém mais conseguiu achar.
— Como?
— Meu tio procurava o membro que tinha sumido do mapa. Um dia, o ouvi dizer a meu pai que havia descoberto que era uma mulher que morava em Washington com a filha. Revistei sua escrivaninha e encontrei o nome dela... e o seu.
— O que está dizendo? — Minha voz estava distante e abafada, como se pertencesse a outra pessoa e eu estivesse entreouvindo a conversa.
As lágrimas de Jared corriam por minhas mãos.
— Fiz uma lista com todos os nomes. Ia mostrar ao meu pai. No dia seguinte, ele estava morto. Todos estavam mortos. E, de repente, éramos a Legião.
Minha mãe está morta por causa dele.
Sabia que era verdade, mas não conseguia odiá-lo.
O pai de Jared lhe escondera algo, e ele tinha buscado respostas. Quantas vezes eu havia procurado o bilhete de meu pai, o que via perfeitamente toda vez que fechava os

olhos? Minha mãe não me deixara mais vê-lo depois que partiu, e isso só me fizera procurar mais.

Eu também teria procurado por eles.

Meu corpo tremia enquanto eu chorava. Dessa vez não podia fingir e não conseguia parar. Jared soltou meus pulsos, tentando criar uma distância entre nós, mas era impossível.

Não havia distância entre nós, dentro ou fora daquelas paredes.

— Sei que nunca vai conseguir me perdoar. Meu próprio irmão me odeia — disse ele.

Tudo aquilo fazia sentido. A tensão entre eles, a raiva tácita fervilhando sob a superfície. Era muito mais do que o pai ter escolhido Jared para tomar seu lugar na Legião... ou do que eu.

— Desculpe. Queria poder voltar atrás — sussurrou Jared, a voz rouca. — Tudo o que quero fazer é ficar perto de você, mas não mereço.

— O quê?

— Desculpe...

Balancei a cabeça.

— Não. A outra coisa.

Jared se acalmou e espalmou as mãos nas tábuas atrás de mim, uma de cada lado de meu rosto. Não conseguia vê-lo na escuridão, mas sentia que me observava chorar.

Ele me via: a pessoa que me esforçava tanto para esconder do mundo e para substituir por alguém melhor.

— Tudo o que quero fazer é ficar perto de você. — Ele disse aquelas palavras lentamente, o rosto tão próximo que eu sentia seu hálito em minha pele e o cheiro de sal na dele.

— Kennedy, o que você quer?

A pergunta pairou entre nós, despedaçando-me. Mas não consegui me obrigar a dizer as palavras, por mais que as repetisse na cabeça.

— Não faz diferença.
— Faz diferença para mim. — A voz dele estava rouca e grave.
— Quero ser importante. Quero ser o tipo de garota que alguém não consegue simplesmente abandonar e esquecer.

Ele passou o polegar pelo centro de meu lábio inferior.
— Ninguém jamais conseguiria esquecer você.
Alguém esqueceu.
Algo dentro de mim cedeu, e comecei a soluçar.
Jared pegou meu rosto entre as mãos e roçou os lábios nos meus. Não foi um beijo, e sim um suspiro. Uma batida do coração.
— Você vê o que quero que veja. É totalmente diferente de quem realmente sou — falei, com nossos lábios quase colados.
— Então me deixe ver o resto — sussurrou ele.
Balancei a cabeça, engasgando com as lágrimas.
— Não consigo.
Ele pressionou a testa contra a minha.
— Por que não?
— Porque tenho medo de não conseguir voltar a ser a pessoa que eu era quando você me deixar — falei, antes de conseguir me calar, antes de calcular todas as maneiras que aquelas palavras podiam me magoar.
Suas mãos deslizaram por minha nuca, enredando-se em meu cabelo.
— Não vou abandonar você.
— Todo mundo abandona, no fim.
Ele me envolveu nos braços e me segurou com mais força do que qualquer outra pessoa já fizera. Forte bastante para me fazer esquecer onde estávamos, ou quanto eu queria ser

outra pessoa. Naquele momento, quis ser eu mesma. A garota que Jared abraçava.

Queria aquele instante.

— Não sei como alguém poderia abandonar você — murmurou ele. — Como alguém aguentaria magoar você.

Facilmente.

— Quero... — Ele hesitou. — Posso beijar você?

Fiquei na ponta dos pés e pressionei minha boca contra a dele, abrindo-me para ele. Jared me puxou mais para perto. O corpo relaxou contra o meu, e ofeguei quando seu dedo desceu por meu pescoço. Puxei seu lábio inferior, e ele me beijou com mais força, como se não importasse se íamos sair dali.

Eu me encostei nele, as mãos imprensadas entre suas costas e as tábuas.

— Kennedy. — Sua voz estava entrecortada, os dedos escorregaram sob a barra de minha camisa. Eu sentia o peito dele subir e descer, a pressão de todas as coisas que não podíamos dizer em cada beijo.

27. DESENTERRADOS

Algo vibrou do outro lado da parede. Será que era o espírito pregando outra tábua?

A vibração ficou mais forte, e um pedaço de madeira começou a ceder. Recuei quando a tábua atrás dos ombros de Jared se soltou e luz vazou pela abertura.

— Vocês estão bem? — A voz de Sacerdote atravessava a névoa, e voltei-me na sua direção, piscando por causa da luz.

Jared olhou para mim com o rosto marcado pelo sangue de minhas mãos.

Lukas estava do outro lado, segurando a tábua arrancada. Seus olhos desceram para as mãos de Jared, ainda apoiadas em meus quadris, e sua expressão ficou sombria.

Jared deu um passo para trás, constrangido.

— Estamos bem. Tire-a daqui.

Lukas e Sacerdote arrancaram uma tábua de cada vez até que a abertura ficou grande o bastante para passarmos.

Saí, e Alara jogou os braços a minha volta. Estremeci, e ela se afastou.

— Meu Deus, Kennedy. Olhe suas mãos.

Não queria vê-las. Queria me lembrar de minhas mãos tocando o rosto de Jared e enxugando suas lágrimas, e não arranhando as tábuas.

— Como nos encontraram?

Bastões luminosos quebrados banhavam o quarto de luz verde. Alara apontou para as fileiras de camas. Os espíritos das crianças se amontoavam no corredor, exceto o que nos prendera dentro da parede. Sua ausência era evidente, e a marreta estava caída ao pé de uma das camas.

— Elas nos mostraram onde estavam — disse ela.

Olhei para o mar de rostos ansiosos.

— Obrigada.

Será que agora conseguiriam seguir em frente? Detestava imaginá-las presas naquele matadouro.

— O que aconteceu com o outro? — perguntei.

Sacerdote ergueu a pistola carregada com pregos de ferro frio.

— Eu o aniquilei.

Jared se apoiou contra a parede com a cabeça baixa.

— Encontraram o disco?

Não havia nada lá em cima além de ratos e garrafas de cerveja vazias — respondeu Alara.

— Não podemos ir embora até o acharmos. — Jared voltou os olhos para o buraco. — Não depois de passar por isso.

Jared esfregou as mãos no rosto. Agora que eu sabia a verdade sobre o segredo que ele carregava, via a culpa em todos os seus movimentos.

Sacerdote andou pelo quarto.

— Se fossem esconder alguma coisa nesta casa, onde colocariam?

— Aqui embaixo — respondi automaticamente. — Pouca gente ia ficar aqui tempo bastante para encontrar.

Sacerdote olhou para os espíritos.

— Acham que se importariam se tentássemos achar?

※ • ※

Examinar as evidências da cena de um assassinato em massa foi mais difícil do que eu esperava, sobretudo porque as vítimas corriam a nossa volta. Eu levantava com facilidade os colchões finos, vasculhando o lado direito do quarto enquanto Alara ficava com o esquerdo. Jared e Lukas verificavam as paredes em busca de rachaduras e espaços escondidos enquanto duas das crianças mais altas os seguiam.

Sacerdote sentara-se no chão com um rádio transistorizado portátil. Um grupo de espíritos se aglomerava ao seu redor.

— Está com vontade de ouvir música? — perguntei.

— Exatamente o contrário. — Ele girou o sintonizador até uma torrente estável de estática crepitar pelo ar, depois colocou o volume no máximo.

— O que está fazendo?

Ele sorriu e tirou uma calculadora do jeans.

— Observe e aprenda.

— Não é que você carrega mesmo esse negócio o tempo todo?

— Procedimento padrão do comportamento de um gênio. — Sacerdote virou a calculadora e a segurou contra o rádio até este emitir um tom alto. — Dá para usar calculadoras para fazer todo tipo de coisa. Pode ver se tem fita adesiva por aqui?

Uma bandeja perto de uma das camas tinha um rolo de esparadrapo sujo, o mesmo tipo que prendia os acessos intravenosos nos braços dos espíritos. Eu o joguei para Sacerdote, ansiosa para largá-lo.

— Vai funcionar?

— Vai.

Lukas se aproximou para dar uma olhada.

— O que está fazendo?

Sacerdote ergueu a geringonça.

— Contemplem, seres cientificamente inferiores. — Ele tirou alguns pregos do bolso e os segurou perto da calculadora. O rádio emitiu outro tom baixo. — O que temos aqui é um detector de metais.

— Está brincando, não é? — perguntou Lukas.

— Não viu minha pequena demonstração? — Sacerdote se levantou. Os espíritos se dispersaram, observando de uma distância segura.

Ele foi para a boca do corredor e entrou novamente no quarto, esquadrinhando-o devagar. Cada vez que passava por uma bandeja de metal ou um suporte para soro, o rádio emitia o mesmo som. Como a maioria das invenções de Sacerdote, a construção me fazia lembrar de um projeto futurístico para feira de ciências. Mas era completamente funcional, e os espíritos ficaram fascinados. Passados alguns minutos, a estação mudava de repente.

Os olhos de Alara se arregalaram.

— Eles estão canalizando a energia elétrica.

— Qual é, crianças, estou trabalhando. — Sacerdote passou o detector de metais pela última cama. Como não captou nada novo, olhou para o buraco. — Devemos checar ali?

Estremeci diante da ideia enquanto o aparelho emitia outro tom.

A marreta estava no pé da cama, perto de Sacerdote.

— Ciência para quê. — Ele a pegou pelo cabo e bateu a cabeça da marreta contra a mão. — Será que eu poderia substituir isto por ferro frio? Já está solta.

— Provavelmente por ter sido usada para nos prender dentro de uma parede — falei, com sarcasmo. Não queria que aquela coisa se tornasse uma arma modificada de nosso arsenal.

Sacerdote girou a cabeça da marreta, e ela caiu no chão, rachando o piso de concreto.

— É um sinal. — Alara a pegou e andou até o buraco, prestes a jogá-la lá dentro. Mas parou de repente. — Sacerdote?

Ele pegou o pedaço de metal da mão dela e examinou o encaixe circular que servia para conectá-lo ao cabo. Havia um grande chapa no fundo, com um canal cortado no centro. Sacerdote usou sua chave de fenda para remover a chapa, expondo uma câmara circular. A extremidade prateada de um disco apoiava-se contra a borda, totalmente protegida.

Ele virou a cabeça da marreta, e o círculo de vidro amarelo caiu em sua mão.

Alara perdeu o fôlego.

— Como alguém colocou isso aí dentro sem enfurecer aquele espírito vingativo?

— Talvez tenha lhe dado algo que ele queria.

Jared pegou o cabo do chão. Havia números arranhados na madeira.

— O que acham que significam? Parece um dever de casa de matemática.

39.915908280.7420296

Lukas arrancou o cabo da mão do irmão, analisando os números.

— São coordenadas.

— Acha que levam à última peça do Engenho? — perguntou Alara.

Lukas apertou a mão ao redor da madeira lascada.

— Acho. E se a encontrarmos, poderemos destruir Andras.

— Vamos sair daqui. — Sacerdote entregou o detector de metais para um dos espíritos. A criança o agarrou e saiu correndo.

Voltamos pelo corredor entre as camas. As crianças já estavam brincando com o detector de metais, talvez o único brinquedo que algumas já tinham visto. Passamos pelos desenhos aterrorizantes e subimos a escada quebrada. Pensei em todas as pessoas inocentes que a Legião devia ter salvado ao longo dos anos e não consegui evitar imaginar...

Quem salvava as almas inocentes?

28. ÁGUA DA FLÓRIDA

Esperei nos degraus da entrada, tentando evitar o constrangimento de ficar sozinha com Lukas e Jared. Sacerdote e Alara tinham desaparecido assim que saímos do porão. Ele estava determinado a descobrir aonde levavam as coordenadas do cabo, e ela resmungara algo sobre finalizar assuntos pendentes.

Eu olhava para minhas mãos, que tinham farpas e sujeira enterradas sob as unhas em vez de carvão preto. Artistas protegiam as mãos. O que isso dizia sobre mim? De quanto eu precisaria desistir pela Legião?

O som abafado de vozes veio de dentro da casa. Como não tinham nenhum espírito vingativo para combater, Lukas e Jared tiveram de encarar um ao outro. Uma porta bateu e fragmentos da conversa dos dois flutuaram até mim.

— Nós dois sabemos que não gosta dela — gritou Lukas. — É só mais uma coisa para você tirar...

Um nó se formou na boca de meu estômago. Lukas significava algo para mim, mesmo que eu não conseguisse definir exatamente o quê. Não queria magoá-lo.

— Luke, não tive a intenção de que isso acontecesse...

— Como não teve a intenção de matar papai? — As palavras ecoaram pela casa, cobertas de dor e raiva.

— Sabe que foi um acidente — disse Jared em voz baixa.

— Tudo é um acidente, porque você nunca pensa em nada além de si mesmo. — Eu me apoiei contra a porta, tentando decidir se a abria ou não. — Kennedy vai ser sua próxima vítima?

— Ei, vai voltar lá para dentro? — Alara subia os degraus atrás de mim com uma mochila de lona no ombro.

— Espere...

Ela abriu a porta antes que eu pudesse impedi-la, pegando Lukas e Jared de surpresa. Ambos se viraram e olharam para trás de Alara, onde eu estava. Baixei os olhos, esperando que não percebessem quanto ouvi.

Alara quebrou o silêncio.

— Estou interrompendo alguma coisa que parece precisar ser interrompida?

Jared se encostou à parede, os olhos colados ao chão.

Lukas reparou na mochila de Alara.

— O que está fazendo?

Ela passou por eles.

— Minha avó nunca deixaria os espíritos daquelas crianças neste lugar horrível. Preciso tentar libertá-los para que sigam em frente.

— É possível fazer isso? — Eu a segui, incerta.

— Não sei. Só vi minha avó fazer, e não tenho os ingredientes tradicionais. Mas acho que posso fazer algumas substituições.

— Por que os espíritos não sumiram, como o menininho no poço? — perguntei. Ele parecia estar em paz.

— Às vezes, eles não sabem como seguir em frente. Estão perdidos e precisam de ajuda para encontrar o caminho.

Lukas franziu a testa.

— E você vai ser a guia?

— Estou mais para agente de viagens. — Alara tirou quatro pacotes de tabaco Red Cap da mochila. — Se quiserem ajudar, vou precisar de um balde.

Os espíritos se aglomeraram ao redor de Alara enquanto ela esvaziava um dos pacotes de tabaco em um balde cheio d'água e misturava com a mão.

— Precisamos fazer uma mistura para lavar o chão e eliminar a energia negativa do quarto, ou os loas não virão.

— Os o quê?

— Os loas são intermediários do mundo espiritual. Alguns guiam almas perdidas para o outro lado — explicou ela, os braços molhados até os cotovelos. — Mas só vão aparecer se esfregarmos bem este quarto.

Jared analisou a água marrom.

— E vamos usar isso para fazer a limpeza?

— Água da Flórida é a melhor mistura para lavar o chão. A não ser que tenha óleo de bergamota, água de rosas, óleo de flor de laranjeira e mais uns sete ingredientes na van, vamos usar isto. Muitas culturas usam tabaco para purificar espaços sagrados. — Ela entregou um pano molhado a Jared.

— Comece a purificar.

Lukas subia e descia a escada, enchendo o balde, até que o Red Cap de Alara terminou e o chão ficou limpo, pelo menos segundo os padrões dela. Ele não disse uma palavra a Jared, e comigo não foi muito diferente. Quando me pegou olhando para ele, sua habitual expressão bem-humorada sumiu.

Alara acendeu uma vela de sete dias no meio do quarto. Àquela altura, algumas das crianças estavam sentadas de pernas cruzadas ao seu redor, fascinadas.

— Precisamos de alguma coisa para oferecer aos loas.

Olhei as camas sem lençóis e os suportes para soro, a lâmpada exposta e os rostos sujos dos espíritos. Não havia nada ali. Lukas e Jared procuraram nos bolsos, mas armas e sal não pareciam ser o tipo certo de oferenda.

Eu só tinha uma coisa de valor.

Minha mão tremia quando tirei a pulseira de prata de minha mãe e a entreguei a Alara. Ouvi um rasgão e me virei a tempo de ver Jared arrancando algo da jaqueta de seu pai. Ele jogou a etiqueta com seu sobrenome perto da vela.

Alara balançou a cabeça.

— Não sei se é o bastante.

Uma das crianças menores se pôs de pé e desapareceu atrás da cama de metal. Voltou correndo e entregou a Alara um trapo sujo com dois círculos desenhados na frente, enrolado com um pedaço de tubo de soro. Era uma boneca rudimentar feita com uma das tiras da cama.

Os olhos de Alara cintilaram à luz da vela quando ela abriu seu diário e leu uma página escrita em crioulo haitiano, a língua dos loas. As crianças ouviram atentamente, e ela virou para a página seguinte, escrita em inglês: Salmo 136.

Sua voz estava baixa, e eu só ouvia fragmentos do que falava.

"Ao único que opera grandes maravilhas:
porque sua misericórdia dura para sempre...
Com a mão forte e o braço estendido:
porque sua misericórdia dura para sempre...
E nos salvou de nossos inimigos:
porque sua misericórdia dura para sempre."

Os corpos começaram a se desvanecer, dois ou três de cada vez até que não havia nada além de uma etiqueta, uma pulseira de prata e uma boneca no chão.

No térreo, fiquei perto da porta da frente, tentando sentir a mudança dentro da casa. Metade de mim queria abrir a despensa da cozinha para ver se o espírito da menininha ainda estava preso lá dentro. Mas sabia que era apenas uma impressão digital deixada para trás e queria me lembrar dos espíritos verdadeiros, que finalmente tinham encontrado uma saída.

Jared estava parado no meio do gira-gira enferrujado, olhando para o outro lado dos portões, algo que nenhuma criança seria alta o bastante para fazer. De onde eu estava, o mundo era emoldurado por aquelas barras pretas. Será que as crianças tinham visto o mundo sem elas? Será que conseguiriam ver agora?

— Quando eu era pequeno, queria ser um super-herói para proteger as pessoas dos vilões. — Jared não olhou para mim. — Não consegui nem proteger você de um garoto morto.

— Se está falando do que aconteceu hoje...

— Você podia ter morrido, Kennedy.

A porta da frente bateu atrás de mim.

— E de quem é a culpa? — Lukas atravessou o jardim a passos largos em direção ao irmão.

— Quer mesmo falar disso agora? — Jared desceu do gira-gira, fazendo-o rodar sem ele.

— Quero saber quantas pessoas vão se machucar por culpa sua. Vai causar a morte dela também? — perguntou Lukas.

Tive a impressão de que o tempo desacelerava enquanto Lukas percorria a distância entre eles. Avançou, empurrando

Jared, e os dois caíram com força no chão. Rolaram na terra, lutando para tomar o controle.

Jared conseguiu se levantar primeiro e agarrou Lukas pela cintura, erguendo-o no ar. Jogou o irmão de costas na terra e prendeu seus braços com os joelhos.

Desci correndo os degraus no exato momento em que Jared deu o primeiro soco.

— Parem com isso!

Jared olhou para mim. Apenas um segundo, mas foi o suficiente para Lukas livrar um dos braços. Sua mão se fechou ao redor da garganta de Jared.

— O que aconteceu lá não foi culpa de Jared nem minha — falei. Todos nós sabíamos que não me referia apenas a ficarmos presos dentro da parede.

Lukas afrouxou a mão, e Jared se afastou com um empurrão, tossindo.

— Não se preocupe, Luke. Você foi bem claro.

Lukas se levantou e limpou o sangue do rosto com a manga antes de se afastar.

Ajoelhei-me ao lado de Jared, que baixou a cabeça.

— Ele está certo.

— Sobre o quê?

— Sobre como cheguei perto de causar nossa morte.

Eu não queria pensar no que tinha sentido dentro da parede.

— Nós dois estamos bem.

Jared olhava para tudo, menos para mim.

— Porque Lukas nos salvou.

— Ele teve ajuda.

— Lukas teria encontrado você de alguma maneira. Ele protege as pessoas — disse Jared, ficando em silêncio por um instante. — Eu as mato.

— Não se torture assim. Foi um acidente.

Ele levantou o rosto, os olhos sombrios e brilhantes.

— Cinco pessoas estão mortas, e não houve nada de acidental nisso. Eu sabia do risco, mas continuei procurando mesmo assim. Guiei Andras direto para elas. — Jared encostou a cabeça ao muro. — Não vou deixar você ficar no meio do fogo cruzado da próxima vez que fizer uma besteira.

Senti que meu coração tinha parado de bater.

— O que está dizendo? — Mas, enquanto perguntava, já sabia a resposta.

Ele observou as ervas daninhas e a grama morta a seus pés.

— Gosto de você...

— Só que não o suficiente para ficar comigo — falei.

Sempre que eu gostava de alguém, imaginava a pessoa indo embora: as palavras que ela diria, a sensação que eu teria a vendo partir. Achava que, se me preparasse, seria mais fácil quando finalmente acontecesse.

— Você não entende.

Meus punhos se fecharam nas laterais do corpo.

— Três horas.

— O quê? — perguntou ele.

— Foi esse o tempo que levou para me abandonar. Eu estava errada.

— Kennedy...

Ergui a mão para silenciá-lo.

— Agora vamos ver quanto tempo leva para me esquecer.

29. FILHOS DA DESOBEDIÊNCIA

Eu olhava pela janela enquanto as sinuosas estradas secundárias nos conduziam mais para perto das coordenadas gravadas na marreta. Tentei desenhar para me desligar de tudo, qualquer coisa para esquecer os braços de Jared a minha volta dentro da parede, ou a facilidade com que tinha desistido de mim do lado de fora. Não tínhamos trocado uma palavra desde que eu o deixara parado diante do Corações Misericordiosos.

Não havia mais nada a dizer.

Lukas passara a maior parte da viagem procurando sites no celular para não precisar falar com o irmão. Quando finalmente perdeu o sinal, voltou a estudar o mapa.

Ele desenhava uma linha conectando os círculos vermelhos enquanto Jared tentava encontrar alguma coisa na estática no rádio.

— Acho que não tem recepção aqui. — Sacerdote levantou os olhos do próprio desenho, um tipo de tubo carregado de latas.

— É porque este lugar é a borda do mundo e estamos prestes a cair — disse Alara.

Jared girou novamente o sintonizador, e, dessa vez, uma voz atravessou a estática: "O tiroteio ocorreu às 11h15 de hoje no Walmart de Moundsville. Três pessoas morreram e duas ficaram feridas antes de o atirador sair da loja, voltando sua arma contra a polícia."

— Devemos estar chegando perto — disse Sacerdote.

— Encontrei outra coisa. — Lukas ergueu o mapa. Ele tinha acrescentado *Xs* azuis dentro da linha.

Alara franziu a testa.

— Você vai ter de explicar.

— Os círculos representam os lugares que tiveram surtos importantes no mês passado, as cidades e povoados nos quais procuramos Kennedy. — Ele seguiu a linha com o dedo. — Os *Xs* são os locais onde encontramos peças do Engenho.

Sacerdote ficou paralisado.

— Estão todos dentro daquela linha vermelha.

— Então, o que isso significa? — perguntou Alara.

— Acho que a Medula também está lá — disse Lukas. — E, se eu estiver certo, Andras está mais perto do que pensávamos.

Alara assentiu.

— Então precisamos encontrar a última peça.

A voz de outro repórter substituiu a do primeiro: "O leste de West Virginia ainda está sob alerta. Dois tornados tocaram o solo em Westover ontem, destruindo três casas e um centro comunitário. O Serviço Nacional de Meteorologia está tentando determinar as causas..."

— Parece que estamos indo para lá — disse Sacerdote.

Alara olhou as nuvens negras a distância.

— Ou já chegamos.

⊰ • ⊱

MOUNDSVILLE, WEST VIRGINIA
POPULAÇÃO 9.835

Jared olhou a placa ao passarmos.

— Só faltam mais alguns quilômetros. — Eram as primeiras palavras que dizia desde que tínhamos deixado o Corações Misericordiosos.

A estrada fez uma curva, e o céu ficou preto, mas dessa vez não eram nuvens.

Alara se debruçou no banco da frente para ver melhor.

— Por favor, digam que estou vendo coisas.

Centenas de corvos estavam pousadas nas árvores, amontoados em fios de telefone e circulando pelo céu.

Alara não tirava os olhos dos pássaros.

— Chuva negra. É assim que chamam quando bandos de corvos se reúnem desse jeito em um lugar.

— Porque deixam o céu preto? — perguntou Sacerdote.

— Porque é simplesmente antinatural.

Chegamos mais perto dos pássaros que turbilhonavam determinados sobre um ponto à frente. Eu não precisava ver as palavras gravadas na placa pela qual passamos para saber que era a penitenciária estatal de West Virginia.

A fachada gótica era flanqueada por altos muros de pedra, e o prédio parecia mais uma catedral que uma prisão. A concertina emaranhada era a única pista de que assassinos, e não homens santos, um dia tinham vivido ali.

Lukas apontou para a entrada em arco.

— As coordenadas ficam do outro lado daquela parede.

Alara balançou a cabeça.

— Não estou gostando disso. Minha avó acreditava que corvos podiam levar e trazer espíritos malignos do inferno.

Olhei para o céu escuro que se movia no ritmo de milhares de asas pretas.

— Então esse lugar tinha muitos espíritos malignos.

— Ou ainda estão aí.

Estacionamos a van e ficamos diante do muro de concreto. VOCÊ TEM CORAGEM? estava pichado sobre um buraco irregular que me fazia lembrar do que existia no porão do Corações Misericordiosos. Os nomes das pessoas que haviam aceitado o desafio estavam escritos ao redor da abertura. Devia ser um rito de passagem em uma cidade pequena como aquela, algo que Elle teria me convencido a fazer antes de tudo aquilo.

Agora eu verificava os bolsos em busca de cápsulas de paintball cheias de água benta e temperos de cozinha, assim como de um pilot para o caso de eu precisar prender um espírito com um símbolo de vodu.

Alara observava os corvos, paralisada, como se visse alguma coisa além de penas pretas lustrosas e olhos inteligentes.

— Estou com um mau pressentimento.

— Claro que está — disse Sacerdote, checando se tinha pilhas e munição no bolso do casaco. — Estamos prestes a invadir uma prisão onde centenas de criminosos morreram. Essa é a definição de mau pressentimento.

— Está dizendo que não devemos entrar? — perguntou ela.

— Estou dizendo que meu avô morreu por causa de Andras e que o Engenho pode detê-lo. Não saio daqui sem isso. — Sacerdote parecia mais velho do que quando eu o conhecera, dias antes.

Alara deu uma última olhada no mundo exterior e passou pelo buraco depois de Sacerdote.

— Que a pomba negra sempre nos carregue.

Lukas olhou para mim antes de passar, os olhos cheios de perguntas que eu sabia que não faria. Perguntas que estavam espreitando pelos cantos de cada olhar desde o momento em que ele tinha quebrado as tábuas no Corações Misericordiosos e me encontrado nos braços do irmão.

Fiz uma escolha dentro daquela parede, e era impossível voltar atrás. Porque mesmo que fosse a escolha errada, como poderia dizer isso a Lukas se sentia algo por Jared?

— Kennedy?

Eu não me virei.

Jared colocou a mão nas pedras acima de meu ombro, e senti seu hálito quente na nuca.

— Acho que deveríamos conversar antes de entrarmos.

— Já conversamos o bastante. — Passei pela abertura sem olhar para trás.

Não podia permitir que ele me magoasse de novo.

Lukas esperava do outro lado com a mão estendida, oferecendo-se para me puxar para cima. Não olhei para Jared quando o ouvi atrás de mim.

Nós cinco atravessamos o concreto rachado da quadra de basquete, a única interrupção no mar de grama morta e concertina prateada emaranhada.

— Para onde vamos? — perguntou Sacerdote.

— Nordeste. — Lukas apontou para o canto mais distante do prédio.

— Precisamos saber de alguma coisa antes de entrar? — perguntei.

Além do fato de que estamos ingressando em uma prisão mal-assombrada?

— Entre assassinatos, suicídios e execuções, centenas de homens morreram aqui. E Moundsville era a única prisão de West Virginia com uma cadeira elétrica.

— São muitos mortos. — Sacerdote examinou as pesadas portas duplas que estavam diante de nós.

— Isso não inclui as seis pessoas que Darien Shears assassinou — disse Lukas.

— Quem? — Jared observava os corvos bicando uns aos outros sobre uma mesa de piquenique quebrada.

— Alguns sites diziam que Moundsville tinha seu próprio assassino em série.

Alara balançou a mão no ar.

— Já ouvi o suficiente. Este lugar é um campo minado paranormal. Andem com cuidado.

Nunca imaginei que veria o interior de uma prisão.

As fileiras de finas janelas retangulares não forneciam muita luz, algo que me deixava secretamente grata. Não queria ver com clareza as manchas escuras no piso de concreto. Saber que pessoas tinham morrido ali e ver as evidências eram duas coisas diferentes.

No final da passagem estreita, a porta de metal onde se lia BLOCO DE CELAS A estava escancarada. Quatro andares de portas com barras elevavam-se acima e ao redor de nós. Cercas de arame cobriam as paredes e o teto, criando uma enorme jaula. Lixo, tiras rasgadas de lençóis e pedaços de tecido laranja espalhavam-se pelo chão.

Algo reluziu do outro lado do ambiente: um homem embaçado com um macacão do mesmo tom fluorescente de laranja. Passava um esfregão no piso quando sua cabeça se ergueu como se tivesse ouvido um som vindo de cima. Um segundo depois, outra forma indistinta passou de costas sobre o parapeito superior. O homem do esfregão gritou silenciosamente e tentou se proteger, tombando sob o peso do homem que caía.

Ambos desapareceram, e, um segundo depois, o homem passava outra vez o esfregão, a cena arrepiante se repetia em um ciclo interminável.

Apertei o braço de Sacerdote.

— Assombração residual?

— Viu? Você já virou uma profissional.

Embora soubesse que os homens não passavam de energia, como marcas de mão em uma janela suja, ver a queda ainda acelerava minha pulsação.

Maços de cigarro vazios e papel queimado estalavam sob minhas botas enquanto seguíamos Lukas até uma porta na extremidade norte do bloco de celas. Ela dava para um corredor, parte do labirinto de túneis de concreto escavado nas entranhas da prisão.

Lukas encontrou com facilidade o canto nordeste, onde ficava uma lavanderia com lavadoras e secadoras industriais alinhadas na parede de trás, além de carrinhos de roupas com rodinhas. Mais sangue manchava o piso sob as enferrujadas máquinas brancas.

Alara fechou os olhos e passou a mão pela parede.

— Não acho que o Engenho esteja aqui.

Sacerdote ergueu uma das sobrancelhas.

— Desde quando consegue saber só de tocar na parede?

— É só um pressentimento.

Lukas olhou atrás de mais uma máquina de lavar.

— Me sentiria melhor se verificássemos as máquinas mesmo assim.

Alara revirou os olhos e abriu uma das secadoras. Parecia estar mais intuitiva desde que a marca aparecera em seu pulso, assim como Sacerdote parecia mais corajoso depois de receber a sua.

As marcas os tinham modificado ou eles haviam mudado por causa delas? Queria perguntar, mas uma pontada de inveja me impedia.

— Não há nada aqui — disse Jared. — Acho melhor irmos para o segundo andar. Vi uma escada no final do corredor.

Sacerdote pulou no primeiro degrau de grade metálica.

— Estamos ficando quentes.

— Eu não estou. — Meu hálito saía em nuvens de branco cristalino.

A temperatura continuava a cair drasticamente conforme avançávamos. Quando chegamos ao segundo andar, entendi por quê. As palavras *Casa da Morte* estavam pichadas em vermelho em uma porta branca sem janela bem acima da lavanderia.

Esfreguei as mãos sobre os braços.

— O que acham que significa?

— É a sala onde fica a cadeira elétrica — respondeu Sacerdote. — Em algumas prisões, as eletrocussões eram feitas em um prédio separado. Chamavam-no de Casa da Morte.

— Vejam. — Alara apontou para porta de metal cinza perto de nós. Também havia palavras escritas naquela:

DARIEN SHEARS

— Deve ter sido a cela dele — disse Lukas.

— De quem?

— Do assassino em série da prisão. Um herói de guerra local que foi condenado pelo assassinato de uma garota que apareceu morta depois de sair com ele de um bar. Shears jurou que era inocente, mas o júri não acreditou em sua história e o sentenciou a prisão perpétua. Semanas depois, prisioneiros começaram a morrer, esfaqueados no chuveiro, estrangulados no pátio, sufocados enquanto dormiam. Shears confessou todos os assassinatos embora não houvesse testemunhas.

Alara ergueu uma das sobrancelhas.

— Um assassino em série com consciência?

— Quem sabe? — Lukas indicou a porta branca com a cabeça. — Mas eles o executaram na cadeira elétrica bem ali.

A cela de Shears era de frente para a Casa da Morte. Se olhasse pela minúscula janela retangular de sua porta, a única coisa que Darien Shears conseguiria ver era a sala onde daria seu último suspiro.

Jared espiou pela abertura retangular cortada no metal e congelou.

— Não acredito.

— O que foi? — Alara se aproximou para ver melhor.

Ele abriu a porta, e as dobradiças rangeram. A cela estava vazia, mas não parecia: cada centímetro das paredes estava coberto de palavras, símbolos e desenhos, sobrepostos em um padrão atordoante. No meio daquela loucura, uma figura se destacava, intocada pelas bordas das outras.

O Engenho.

Era exatamente igual ao do diário de Sacerdote, embora fosse óbvio que tinha sido desenhado por outra pessoa.

Sacerdote empurrou Jared para passar e se colocou diante do enorme desenho. Ele posicionou a mão sobre ele sem tocar o concreto liso onde estava esboçado.

— Não é possível.

— Talvez Shears tenha encontrado o cartucho escondido na prisão — sugeriu Lukas. A quinta e última peça do Engenho era o próprio cartucho, o cilindro no qual os quatro discos se encaixavam.

Sacerdote não estava convencido.

— Mas de que modo sabia como eram os discos? Este desenho mostra o Engenho montado.

Enquanto eu examinava as paredes, minha mente memorizava os desenhos e símbolos automaticamente. Fixei os olhos nas palavras rabiscadas várias vezes sobre a figura do Engenho, palavras que eu sabia que jamais esqueceria: **O ESPÍRITO AGORA ATUA NOS FILHOS DA DESOBEDIÊNCIA**.
Alara também as leu.
— Isso não é nem um pouco insano.
— É um verso da Bíblia. — Jared examinou a parede.
— Mas deveria dizer "o espírito *que* agora atua nos filhos da desobediência". É uma referência ao diabo. Ele é o espírito em ação.

Demônios já eram ruins o bastante. Eu não queria lidar com os filhos da desobediência.

— Havia algo mais no artigo sobre Shears. — Lukas hesitou. — Quando confessou, ele disse ao diretor do presídio que era apenas um soldado seguindo ordens.

— Acha que o diabo estava dando as ordens? — Não consegui esconder o choque na voz.

— Seria mais provável que fosse um demônio — respondeu Lukas. — Um que não quer que encontremos o Engenho.

As dobradiças rangeram outra vez, e a pesada porta bateu atrás de nós.

Um homem alto nos encarava com olhos arregalados, como se tivesse nos flagrado invadindo sua propriedade. O cabelo era completamente raspado, e olhos claros perdiam-se nas sombras do rosto magro. Uma faixa escura de cicatrizes percorria a pele da testa do homem, circulando seu crânio.

Cada músculo de meu corpo me incitava a fugir, mas não havia para onde ir. Eu não conseguia tirar os olhos dele.

— Estou nesta guerra há tempo demais para perder agora.
Darien Shears ainda vestia o macacão laranja que devia estar usando ao morrer.

— Não existe guerra. — Lukas manteve a voz calma. — Não há nada a perder.

Todos nós sabíamos que era mentira. O espírito se afastou da porta, que tinha mais escritos: **VOCÊS NÃO SABEM O DIA EM QUE RETORNARÁ SEU SENHOR.**

O espírito apontou para Lukas.

— Sacrifiquei minha vida para protegê-la. Não diga que não há nada a perder.

Ainda está aqui.

Meus olhos correram pela cela. Não havia onde esconder um cilindro do tamanho de uma lata de café.

Shears se empertigou.

— Sou um bom soldado. Detive todos que tentaram tomá-la. Assim como vou deter vocês.

Sacerdote ergueu a arma de paintball, atirando várias vezes, mas as balas explodiam contra o peito do espírito vingativo: água benta, sal e cravos se espalharam pelas paredes.

Esperei que o espírito explodisse, mas ele apenas tremulou por um segundo e desapareceu.

Olhei para as cápsulas de paintball caídas no chão.

— Por que não o destruíram?

— Ele é mais forte que os espíritos vingativos comuns. — Lukas passou as mãos pelas paredes, procurando fendas. — Os tiros o enfraqueceram, mas não sei quanto. Precisamos encontrar a última peça do Engenho antes que ele volte.

— Não está aqui — disse Jared. — As paredes são de concreto sólido.

— Então onde está? — perguntei.

Alara tinha parado no vão da porta, observando a vista da cela de Darien Shears.

— Acho que sei.

30. CASA DA MORTE

Alara manteve distância.
— Acham que algum deles era inocente?
Uma cadeira de madeira rudimentar com braços pesados ficava aparafusada em uma plataforma elevada no centro da sala, como um trono para um homem morto. Algemas de couro acolchoado para pulsos e calcanhares se afivelavam abaixo das grossas tiras que prendiam o peito do prisioneiro à cadeira. Um fio preto espiralado serpeava das costas da cadeira e atava-se a um capacete de aparência medieval com uma faixa de metal compatível à cicatriz que contornava a cabeça de Darien Shears.

Lukas parou diante de uma fileira de chaves numeradas sob as palavras CUIDADO — ALTA-VOLTAGEM.

— Não sei, mas parece que todos sofreram.

Fileiras de tracinhos espalhavam-se pela parede ao lado do painel. Alguém devia ter feito um registro dos homens que morreram ali.

— Talvez merecessem sofrer. — Jared parecia o cara que tinha surgido de repente em minha casa na noite em que o conheci, não o garoto que beijei dentro da parede.

Ecos de vozes murmuradas, fracos demais para decifrar, e o inconfundível som de arranhões frenéticos vindo do outro lado das paredes nos bombardearam.

— Parabéns, Jared. — Alara espalhou sal ao redor da cadeira. — Bom saber que consegue irritar os vivos e os mortos.

Os arranhões ficaram mais altos. E, de repente, pararam, mergulhando a sala em um silêncio sinistro.

Sacerdote deu um passo para trás e esbarrou no painel de chaves.

— Todos vocês são monstros. — Uma voz desencarnada arrastou-se pela sala. — Era o que eles diziam pouco antes de virar a chave.

O corpo de Alara deu uma violenta guinada para trás e caiu na cadeira elétrica. As algemas acolchoadas se desafivelaram e se fecharam sobre seus pulsos e tornozelos. A tira peitoral de couro contornou seu torso e se apertou, imobilizando-a completamente.

— Pare com isso! — gritou ela.

Jared e Lukas se esforçavam para abrir as algemas, mas as tiras de couro mantinham-se firmes.

— Deixe-a em paz, Darien — gritou Sacerdote.

A voz riu.

— Não é Darien.

Um por um, rostos surgiram, solidificando-se em aparições de corpo inteiro, homens que ainda usavam os macacões laranja da prisão. Com cabeças raspadas e cicatrizes idênticas circulando a testa onde o metal cauterizara a pele, pareciam cascas dos homens que tinham morrido na mesma cadeira em que Alara estava sentada.

Um homem com olheiras escuras colocou-se diante dela.

— Você tem alguma coisa a dizer? É preciso perguntar isso antes de virar a chave.

O que tinha olhos cinzentos e vazios assentiu.

— É a lei.

— Soltem-na. — Jared ergueu a arma semiautomática de paintball. — Ou vou causar novas queimaduras em vocês.

Lukas mirou a própria arma, e um espírito vingativo que tinha uma cicatriz irregular na bochecha, assim como o número 13 tatuado no pescoço, sorriu.

— Não sobrou nada para queimar. Só sua amiga.

Jared e Lukas abriram fogo, a mistura letal de água benta, sal e cravos espalhou-se pelas paredes até a munição acabar. Dois espíritos vingativos explodiram, mas uma meia dúzia permaneceu de pé.

Sacerdote e eu erguemos nossas armas.

Antes que conseguisse apertar o gatilho, a pistola foi arrancada de minhas mãos.

Procurei uma forma desvanecida ou os traços sombrios de um espírito que não estivesse completamente materializado, mas não havia nada. Sacerdote foi desarmado da mesma forma, e sua arma flutuou no ar ao lado da minha.

Nossas armas pairaram por um momento, então se viraram e apontaram diretamente para nós.

Depois mudaram de direção, e os tiros foram disparados em uma rápida sucessão, atingindo várias vezes os tracinhos na parede. Quando a munição terminou, as armas caíram a nossos pés.

— Um prisioneiro construiu esta cadeira. Acham isso certo? — O espírito com olheiras apareceu. — Dizem que se você morre nesta prisão, a alma fica aqui. Não importa se é um prisioneiro ou não: não existe céu nem inferno, apenas Moundsville. — Ele baixou o capacete de metal sobre a cabeça de Alara. — Vamos ver se sua amiga consegue sair.

Alara gritou quando Darien Shears se materializou e tapou sua boca com a mão. Ele levou um dedo aos lábios.

— Shh.

Relances de rostos dos prisioneiros se sobrepunham ao dela: o espírito com olheiras, o que tinha o número 13 no pescoço... um desfile de rostos revezava-se sobre o de Alara. Cada homem estava afivelado e preso à cadeira com o capacete de metal encaixado ao crânio.

Cada um gritava e se debatia de dor como Alara fazia naquele momento.

Jared e Lukas correram para a cadeira.

— Eu não faria isso. — O Número 13 girou as chaves no painel.

— Tudo bem — disse Sacerdote. — Este prédio não tem mais energia.

O espirito vingativo inclinou a cabeça, refletindo sobre aquilo.

— Quem disse que vamos usar a energia do prédio?

Os espíritos se concentraram no painel de controle, e os indicadores se acenderam um a um.

Meu Deus.

O último indicador piscou, mas a luz não se acendeu completamente.

— Shears — chamou o Número 13. — Precisamos de mais força. Ligue o gerador lá de baixo.

Darien olhou para Alara, depois para o restante de nós.

— Não saiam daí. Todo mundo vai ter sua vez. — Ele desapareceu, deixando os outros espíritos vingativos para trás.

Sacerdote enfiou a mão sob o capuz e pegou a pistola de calafetar da loja de ferragens, cujo cano estava cheio de latas roxas de spray barato para cabelo.

O que estava fazendo?

Ele mirou nos espíritos vingativos e puxou o gatilho, acionando ao mesmo tempo os acendedores automáticos de lareira presos na extremidade da pistola. Era um lança-chamas improvisado feito de Aqua Net, fita isolante e genialidade.

Uma torrente de chamas foi disparada, e Sacerdote chamuscou a parede de um lado a outro. Os rostos dos prisioneiros se contorceram quando o fogo os transformou em cinza e depois em nada.

Eu me ajoelhei diante da cadeira, desafivelando as resistentes algemas de couro.

— Ande logo! — Alara se debatia contra as amarras, o rosto molhado de lágrimas. — Tire-me desta coisa!

— Estou tentando. — Atrapalhei-me com as algemas de tornozelo, soltando a última. Alara saltou da cadeira.

Eu ainda estava olhando para a base da cadeira. Uma única peça de madeira a prendia à plataforma.

Uma peça em forma de cilindro.

Alguém fizera um entalhe grosseiro na madeira. Prendi a respiração e enfiei a mão lá dentro. A madeira se soltou, e uma tira prateada cintilou atrás dela.

Minha mão se fechou sobre o metal, tão liso e sem emendas como vidro.

Era exatamente igual ao desenho do diário de Sacerdote: estranhos símbolos recurvados entalhados do lado de fora e fendas vazias onde os discos se encaixavam.

Lukas notou o cartucho em minha mão, e sua expressão se tornou uma mistura de perplexidade e alívio.

— Você o encontrou.

Os olhos de Jared dispararam para a porta.

— Ainda temos de tirá-lo daqui.

— Shears disse que ia voltar. Ele pode nos encontrar antes de conseguirmos sair — disse Sacerdote. — Precisamos destruí-lo.

— Como? — A voz de Alara tremeu.

A resposta apareceu aos poucos em minha cabeça, como uma foto sendo revelada em uma sala escura.

— Sei o que fazer, mas preciso que o distraiam.

Jared agarrou meu braço.

— Do que está falando?

— Não tenho tempo para explicar. — E sabia que ele nunca ia concordar se eu o fizesse. — Confiam em mim?

As palavras pairaram entre nós, a pergunta que eles quatro me faziam desde o começo. Agora quem a fazia era eu.

Um por um, assentiram, e Jared falou:

— Confio em você. Mas...

— Então preciso ganhar tempo.

Sacerdote me entregou os discos.

— Leve-os, só por precaução.

— Não. — Tentei empurrá-los de volta para a mão dele.

— Não confia em mim? — Sacerdote me lançou um sorriso travesso, mas seu tom era sério.

Eu os enfiei no bolso.

— Vou ganhar tempo para você — disse Sacerdote antes de virar-se para Alara. — Você precisa voltar para a cadeira.

Ela se afastou cambaleando, os olhos ensandecidos.

— Está louco? Não vou chegar nem perto desse negócio.

Sacerdote a guiou pelo cotovelo enquanto disparei pelo corredor.

— Vai ficar tudo bem. Vou desconectar os fios...

31. A ARMADILHA DO DIABO

Eu era a única pessoa dentro daquele prédio, viva ou morta, que queria entrar em uma cela, sobretudo a cela do fantasma psicótico de um assassino em série. Mas só existia um jeito de destruí-lo, e, se eu pretendia fazê-lo, precisava do elemento-surpresa. E de uns oito minutos.

Era o tempo que ia levar para desenhar a única coisa da qual Darien não podia escapar usando seu truque de desaparecimento.

A Armadilha do Diabo.

Visualizei o desenho intrincado quando voltei para dentro da cela de Darien: o pentagrama dentro do círculo, circunscrito por um heptagrama dentro de outro círculo; cada linha, cada forma, cada letra das línguas que eu não reconhecia.

A cela quadrada era minúscula. Se fizesse o círculo externo grande o bastante, as linhas curvas tocariam as paredes, deixando apenas os quatro cantos do quarto livres. Darien teria de pisar dentro do símbolo quando entrasse no cômodo.

Como posso trazê-lo até aqui?

Aquilo só importaria se eu terminasse a Armadilha do Diabo.

Gritos vieram da outra extremidade do corredor.

Minha mão começou a se mover. Trabalhei rapidamente, confiando na parte de minha mente que se lembrava dos detalhes do rosto da nota de um dólar e da localização de cada criança em nossa foto de turma do jardim da infância. Ignorei todo o resto além da voz de minha memória.

Sete nomes contornavam o círculo: Samael, Raphael...

Traçando as letras perfeitamente, copiei os símbolos desconhecidos como se os tivesse escrito centenas de vezes. Mas tive cuidado, assombrada pelo registro do diário de Jared que descrevia a noite em que a Legião convocara Andras.

E se eu errar?

Parei, momentaneamente petrificada pela ideia, até uma porta de metal bater no final do corredor.

Minha mão tremia ao terminar os últimos detalhes.

— Onde está você? — gritou uma voz nervosa.

Darien.

Como eu ia esconder a Armadilha do Diabo por tempo bastante para fazê-lo pisar dentro dela?

Olhei para a minúscula janela cortada na porta, esperando que o espírito não estivesse tão perto quanto parecia. A abertura só tinha 20 cm de largura. Se eu ficasse bem diante dela, Darien não conseguiria ver nada além de meu rosto. Meus joelhos se curvaram quando cambaleei em direção à porta com a última peça do Engenho na mão.

— Estou bem aqui. — Ergui o cilindro, com o rosto diante da janela.

Estávamos a apenas alguns metros de distância um do outro quando seu corpo passou pela porta. Corri para o canto, um dos únicos lugares em que as curvas da Armadilha do Diabo não tocavam.

Darien olhou para baixo, os pés firmemente plantados dentro dos limites do círculo. Seus olhos espelhavam o terror dos rostos dos homens que tinham passado sobre o de Alara na cadeira elétrica.

Ele avançou para a frente até os dedos chegarem à margem do círculo. O campo de força sobrenatural o jogou de volta para o centro.

— O que você fez?

— Acho que nós dois sabemos. — Eu me encolhi no canto, segurando o cartucho do Engenho contra o peito.

— Kennedy! — gritaram Jared e Lukas ao se aproximarem.

Darien focou-se na porta. O metal chacoalhou, e o pino pesado da cela se fechou.

Corpos bateram contra a porta do outro lado, e o rosto de Lukas preencheu a pequena abertura.

— Você está bem?

— Estou. — Deslizei as costas parede acima até ficar de pé.

Desenhar o círculo até os limites das paredes tinha tornado mais fácil aprisionar Darien. Contudo, agora me dava conta de que também tornara minha saída impossível.

— Não se mova — disse Lukas. — Se pisar dentro do círculo, ele pode machucar você. Fique aí, e a Armadilha do Diabo deve destruí-lo.

Deve?

Parecia mais uma coisa da qual não tinham certeza.

— Quanto tempo vai levar? — perguntei.

— Não sei — respondeu Lukas.

E se ele achasse um jeito de sair antes disso?

Darien ignorou Lukas e apontou para o cilindro que eu segurava.

— Você precisa recolocá-lo no lugar ou pessoas inocentes vão morrer. Foi isso o que ela me disse.

— Quem?

— Aquela que me pediu para escondê-lo.

— Você está falando do demônio — gritou Lukas do outro lado da porta.

Darien caiu de joelhos. Seus ombros se curvaram como se ele não conseguisse se manter de pé. A armadilha do Diabo o matava aos poucos pela segunda vez.

— Uma mulher o entregou a mim. Disse que eu podia me redimir. Dar significado a minha vida imprestável.

Do que ele estava falando?

— Ele está mentindo. — Reconheci imediatamente a voz de Jared. — Espíritos vingativos mentem como demônios.

Darien franziu a testa.

— Matei seis homens nesta prisão para proteger isso, e entreguei minha vida à cadeira. Não é mentira. Coloque essa peça no lugar em que a encontrou antes que pessoas se machuquem do lado de fora destas paredes.

O rosto de Jared apareceu na janela.

— Não lhe dê ouvidos. Ele sabe que podemos usar o Engenho para destruir Andras.

Os olhos do espírito se arregalaram de horror.

— O Engenho não destrói Andras. Ele o liberta.

— O que disse? — perguntei.

Darien falou cada palavra lentamente.

— Se você montar o Engenho, o portal se abrirá.

— Mentiroso! — gritou Alara do corredor.

O pânico se espalhou pelos traços cavados do espírito, e ele avançou sobre mim. Não tive tempo de me virar antes de Darien bater outra vez contra o limite externo do círculo. Seu corpo convulsionou como se estivesse preso a uma cerca elétrica. Depois a força o jogou para trás, e ele escorregou de lado pelo concreto.

— Kennedy, monte agora – gritou Sacerdote. — Se o Engenho pode destruir Andras, também deve conseguir destruir Darien.

— Só vou esperar até...

Sacerdote me interrompeu.

— Ele não vai desistir. E se ele encontrar um ponto fraco no círculo?

Minha mão tremia ao vasculhar o bolso em busca dos discos.

Sentei-me e os empilhei no colo. Enfiei o primeiro disco no cartucho cilíndrico. Um dos símbolos gravados no metal se acendeu, lançando um feixe de pura luz branca pelo chão na forma da caligrafia sinuosa.

Darien abriu os olhos, ainda caído de lado.

— Sacrifiquei minha vida inutilmente para protegê-lo.

— Você não sacrificou sua vida — disparou Jared. — Foi executado porque era um assassino.

Meu corpo inteiro tremia.

— É melhor eu deixar vocês montarem. Posso ficar aqui até a Armadilha do Diabo destruí-lo.

Se ela destruí-lo.

— Kennedy — implorou Lukas. — Está perto demais do círculo. Não dê a ele a chance de se libertar e tirar o Engenho de você.

Tive dificuldade com a peça seguinte, enfiando-a na câmara errada antes de perceber que cada disco se encaixava em uma específica. O segundo símbolo emitiu a mesma luz branca.

Darien rastejou até a margem da linha que nos separava, tão perto que eu podia esticar a mão e tocá-lo.

— Matei homens dentro destas paredes. Homens maus que tentaram encontrar a peça e entregá-la aos servos do demônio. Prometi mantê-la a salvo.

Nossos olhos se encontraram, e me espremi contra a parede, tentando criar uma distância onde não havia.

Minhas mãos tremeram ao encaixar a peça seguinte, e deixei o cilindro cair.

O Engenho rolou em direção à margem da Armadilha do Diabo.

Corri para pegá-lo, e Darien atirou-se outra vez contra mim.

Por uma fração de segundo, pareceu que suas mãos iam cruzar a borda do círculo ou que o cilindro rolaria para dentro da Armadilha do Diabo. Darien bateu contra o campo de força sobrenatural, e meus dedos pegaram o cartucho quase ao mesmo tempo, no exato momento em que ele encostou na linha preta, fazendo com que seu corpo fosse arremessado de volta ao centro do símbolo.

— Kennedy! — Jared esmurrava a porta de metal, mas não me movi. Não conseguia.

Eu me joguei para trás contra a parede e enfiei o terceiro disco no lugar.

Uma luz despejou da forma arqueada.

Darien oscilou, a bochecha pressionada contra o chão frio que eu sabia que ele não conseguia sentir.

— Falhei. Todos nós falhamos.

— Quem?

— Não fale com ele — implorou Jared. — Apenas monte.

— Os espíritos que protegiam as outras peças — terminou Darien.

O último disco hesitava entre meus dedos. Tudo o que tinha de fazer era encaixá-lo, mas minhas mãos não estavam funcionando. Cada dúvida sobre o passado de minha mãe, a Legião e as quatro pessoas que acreditavam em mim voltou à tona.

E se fizesse a escolha errada?

— E se ele estiver dizendo a verdade?

Jared pressionou a testa contra a abertura retangular.

— Não deixe que ele a manipule. Você viu o diário. Sabe o que diz.

Lukas tirou Jared do caminho com um empurrão, tomando seu lugar.

— Ele é um espírito vingativo que trabalha para um demônio. Não pode confiar nele. Confie em *nós*.

Alara se colocou diante da abertura, o rosto embaçado por minhas lágrimas.

— Estamos nesta juntos.

— Você é uma de nós — gritou Sacerdote de algum lugar atrás dela.

Eu estava cansada de ter medo. Queria confiar neles, as pessoas que significavam tanto para mim naquele momento, que acreditavam em mim.

— Kennedy, por favor. — Jared tomou o lugar de Alara, e seus olhos encontraram os meus. Dessa vez, ele viu minhas lágrimas. — Precisamos de você. Eu preciso de você.

Não podemos escolher a pessoa que realmente nos vê, a pessoa que sabe o que estamos sentindo sem precisar de nenhuma palavra, a pessoa que consegue nos fazer rir, chorar e tudo o mais com apenas um olhar. Aquela que não podemos imaginar sermos sortudos suficiente para ter ou azarados bastante para perder.

Eu estava olhando para essa pessoa: o garoto que era tudo isso e mais.

Minha mão tremia ao alinhar o último disco.

Darien se desvaneceu, tremeluzindo como uma vela queimada até o fim. Enfiei o disco no cartucho, e o último símbolo se iluminou.

Darien piscou uma última vez e sussurrou:

— Que a pomba negra sempre o carregue.

Congelei.

O espírito explodiu.

O Engenho foi esquentando até queimar minhas mãos. Mal senti, paralisada pelas últimas palavras de Darien.

Que a pomba negra sempre o carregue.

Larguei o cilindro, e uma luz ofuscante dardejou dos estranhos símbolos quando rolou pelo chão.

Pensei nos outros espíritos... a menina de vestido amarelo protegendo a boneca que continha o disco.

As palavras de Millicent dentro do poço: "*Não vou deixá-los tirar mais nada de nós*".

O espírito do mágico jurando que tentara mantê-lo seguro antes que eu o destruísse.

O disco escondido em um quarto protegido pelos espíritos de dúzias de crianças mortas, e as palavras da que segurava a marreta onde ele estava escondido: "*Se eu cuidar do que é dele, vai voltar para me buscar. Ele prometeu.*"

E Darien Shears, um assassino em série que colocara o cilindro na base da cadeira que o eletrocutara, um espírito que conhecia a frase usada pelos membros da Legião.

Os espíritos estavam protegendo as peças desde o começo ou o poder de Andras era maior do que pensávamos? Será que Darien tinha ouvido um membro da Legião proferir as **palavras e se lembrava delas?**

Eu deveria ter perguntado antes de usar minha especialidade para destruí-lo.

Minha especialidade.

O sal escorreu entre meus dedos quando o esfreguei sobre o pulso. Visualizei a última parte do selo gravada em minha pele e imaginei meus amigos apoiando os braços contra o meu para completá-lo.

Como vou me sentir quando for um deles?

Olhei para a Armadilha do Diabo uma última vez por precaução. Não havia nada ali dentro, nem um grão de poeira. Sem dúvida, tinha destruído o espírito de Darien.

Mas será que minha armadilha pegara mesmo um diabo?

Esperei as linhas se gravarem em meu pulso, torcendo para não doer. Vozes familiares me chamavam enquanto me inclinava sobre o braço, lágrimas pingando sobre a pele perfeitamente lisa.

32. CALOR DO INFERNO

Uma rachadura serpeou pela parede, destruindo a representação perfeita do Engenho enquanto eu observava o verdadeiro rolar de um lado para o outro pelo chão. Tentei pegá-lo, mas queimei os dedos. A cela tremia, o rumor baixo de trovão preso entre as paredes.

Talvez aquele lugar maligno estivesse desmoronando ao meu redor, e eu não precisasse mais sair da cela de Darien e enfrentar as quatro pessoas que acreditavam que eu era algo mais que eu mesma.

— Kennedy? — gritou uma voz no corredor.

Abracei os joelhos contra o peito e esperei para ver se o prédio pararia de tremer antes de mim.

Metal raspou e rangeu quando o pino da porta se destrancou.

Jared me colocou de pé.

— O que está fazendo? Precisamos sair daqui.

Estendi o braço em silêncio. Uma fina camada de sal ainda cobria a pele sem a marca.

A confusão nublou os lindos traços de Jared. Lukas e Alara se aproximaram quando esfreguei mais sal no pulso.

Nada.

O rosto de Jared se contraiu.
Lukas passou os dedos sobre o sal.
— Não entendo. Ela desenhou a Armadilha do Diabo. Destruiu o espírito de Darien. Todos nós vimos.
— Minha marca não apareceu na hora. Espere um pouco — disse Alara.
Eu lutava para manter a voz firme.
— O espírito de Darien se foi.
Alara balançou a cabeça.
— Algo deu errado.
Dessa vez, não.
— Talvez... — começou Jared.
— Não sou a pessoa certa.
Jared ofegou e fechou a mão em torno da minha.
— Tem de existir outra...
Eu o silenciei com um olhar.
— Só existe outra explicação, e todos nós sabemos qual é.
O chão se curvou, e o teto se partiu ao meio.
Jared puxou meu braço para trás dele, os dedos ainda entrelaçados aos meus. Ele baixou os olhos para mim, nossos corpos estavam praticamente encostados.
— Não importa.
Voltara a ser o garoto de dentro da parede, o garoto que havia me abraçado e confessado seu maior segredo. Aquele em quem eu podia confiar.
— Nós dois sabemos que importa.
Lukas estendeu a mão para pegar o Engenho, que rolava pelo chão.
— Não toque nisso! — gritei.
Ele retraiu a mão no instante em que seus dedos roçaram o metal.

— O que está acontecendo?

Alara enrolou a jaqueta no cilindro e tentou erguê-lo, mas o calor queimou o tecido e ela o largou.

— Está quente demais.

— Precisamos ir. Agora. — Jared os empurrou porta afora, arrastando-me atrás de si.

Sacerdote estava do lado de fora da cela, petrificado, o rosto muito pálido. Agarrou o braço de Jared, fechando a pesada porta de metal com um empurrão.

Pedaços de concreto caíam sobre nós, mas ninguém se moveu. As letras que formavam as palavras DARIEN SHEARS na primeira vez que vimos a porta da cela tinham se transformado para formar outra coisa:

ANDRAS ESTÁ AQUI

— Fujam! — gritou Lukas.

Lukas e Alara correram para a escada, seguidos de perto por Sacerdote. O parapeito vibrava violentamente, e o tremor se intensificou quando descemos a escada.

Escorreguei, batendo meus joelhos contra os degraus de metal.

Jared me puxou para cima, e corremos pelo bloco de celas. O estrondo ensurdecedor das barras se chacoalhando aumentava ao redor. Espíritos oscilavam em nosso caminho, acordados pela repentina perturbação do ambiente. Mas não eram aparições de corpo inteiro e passávamos através deles. Toda vez, eu sentia a repugnante sensação de uma mão fria puxando minha nuca, marcando-me de outra maneira.

Lukas foi o primeiro a sair por uma porta para o pátio. Em vez da luz da tarde, não havia nada além de escuridão.

O céu preto pulsava e turbilhonava como se estivesse vivo. Raios estouravam e iluminavam milhares de asas em movimento, bloqueando o sol.

Corvos. Centenas e mais centenas.

Chuva negra, descendo das nuvens até onde a vista alcançava.

Alara parou, fixada no céu. Gritou alguma coisa e saiu correndo o mais rápido que podia. Eu não conseguia ouvir nada além do estrondo dos raios e das penas se agitando.

Parecia o fim do mundo, o céu despencando em asas negras.

E era culpa minha.

A van estava a apenas alguns metros, com o teto e o para-brisa cobertos por mais corvos. Quando Lukas abriu as portas traseiras eles se dispersaram, levantando voo para encontrar a própria legião.

Sacerdote escancarou as sacolas e pegou os medidores de campo eletromagnético. Ele os alinhou no chão e os ligou. Os ponteiros dispararam totalmente para a direita, em sobrecarga paranormal. Lâmpadas vermelhas piscavam, e os aparelhos apitavam, iluminando o chão como uma máquina de pinball.

Meu coração batia com força.

— Isso significa que tem alguma coisa aqui?

— Não. — Sacerdote olhou pela janela para o mar de preto. — Está lá.

As luzes dos medidores piscavam cada vez mais rápido, como o cronômetro de uma bomba.

— O que está acontecendo?

Sacerdote balançou a cabeça.

— Não sei.

Os medidores explodiram, lançando no ar fios e plástico, que ricochetearam pelas paredes. Mantive a cabeça coberta enquanto pedaços afiados de plástico cortavam meus braços até os detritos pararem de bater conta o interior da van.

Um fio fino de sangue descia pela bochecha de Alara. Ela estremeceu, mas em vez de tocar o rosto, fechou a mão sobre a parte interna do pulso.

Sacerdote pareceu confuso por um instante, depois balançou o próprio pulso, respirando fundo.

— Minha pele está queimando.

Lukas assentiu.

— A minha também.

Jared puxou sua manga. A marca que normalmente só aparecia quando era esfregada com sal já estava gravada na pele. Mas os talhos não se preenchiam com preto. A marca estava completamente branca, contornada por pele vermelha e inchada. Um por um, Lukas, Alara e Sacerdote revelaram suas marcas.

Eu não precisava verificar minha pele para saber que continuava intacta.

Alara agitou o braço, tentando esfriá-lo.

— O que isso significa?

Todos nós sabíamos, mas ninguém queria dizer.

Então, falei.

— Ele estava dizendo a verdade.

Darien Shears. O espírito que tentou nos proteger de nós mesmos.

— Não. — Lukas esfregou as mãos sobre o rosto. — O diário dizia...

— Ou o diário estava errado ou interpretamos mal alguma coisa. — Minha voz falhou. — Olhe lá para fora. Parece que montei uma arma para proteger o mundo ou que a usei contra ele?

Chuva de verdade martelava o teto da van. O céu continuava cor de nanquim por causa das nuvens, dos corvos e do que quer que viesse a seguir.

— Não é culpa sua. — Jared apertou minha mão. — Decidimos juntos.

Eu estava sozinha dentro da cela. Encaixara as peças do Engenho. Não importava se tinham concordado ou não.

No final, tomei a decisão.

Eu fracassara de formas incontáveis, e a prova destruía tudo ao nosso redor. Queimando-se na pele de todos, menos na minha, a única pessoa cujo lugar não era ali.

Em um único instante, libertara um demônio do qual os ancestrais deles tinham defendido o mundo por mais de duzentos anos. Um pelo qual suas famílias tinham morrido tentando destruir.

33. POMBA NEGRA

Sirenes atravessaram a tempestade, o barulho dos pássaros e o silêncio excruciante permaneciam dentro da van. Luzes azuis e vermelhas piscavam através da escuridão. Eram carros de polícia ou ambulâncias, talvez ambos, e estavam próximos.

— Precisamos fugir. — Sacerdote enfiou tudo que estava ao alcance em uma das sacolas, e Alara fez o mesmo. Como só havia um caminho para ir e voltar, íamos dar de cara com aquelas sirenes se tentássemos voltar por onde tínhamos chegado.

Lukas abriu a porta traseira, e a chuva tamborilou no chão de metal. Eu não conseguia ver nada além das luzes coloridas que se aproximavam.

— Se nos separarmos, sigam para o norte. — Jared apontou para o outro lado da prisão. — A Pensilvânia não fica longe. Achem a segunda cidade mais próxima da fronteira do estado, e nos encontraremos lá.

Alara e Sacerdote saíram correndo.

Lukas se virou para segui-los, e Jared pegou sua jaqueta.

— Leve Kennedy com você. Ela vai ficar mais segura.

Lukas e Jared encararam sua outra metade, a pessoa que os tornava tanto mais fracos como mais fortes. Nenhum dos dois falou, mas algo mais poderoso que palavras correu entre eles.

Lukas balançou a cabeça.

— Você é mais rápido.

Os olhos de Jared se encheram de dúvida.

— Não quero cometer outro erro.

— Todos nós cometemos erros. — Lukas recuou para dentro da tempestade e desapareceu na escuridão.

A mão de Jared se fechou ao redor da minha, e nós corremos.

Nossos pés chapinhavam sobre poças de água. O sangue latejava em meus ouvidos, e raios rasgavam o céu. Pensei na noite em que minha mãe morreu, em como fiquei assustada e sozinha. Eu me sentia daquele jeito outra vez. Em um instante, tinha arruinado as chances de destruir o demônio que a matara, e colocara em risco a vida de quantas outras pessoas? Milhares? Milhões?

Jared jurava que a marca não importava, mas eu sabia que importava. E mais cedo ou mais tarde ia importar para o resto do grupo.

Chegamos aos limites da penitenciária, ou do que sobrara do prédio de pedra. Parecia que uma criança a tinha construído com blocos e depois derrubado. As sirenes ficaram mais altas, as sucessivas luzes azuis e vermelhas estavam quase chegando.

Não vamos conseguir.

— Venha. — Jared nos conduziu mais para dentro da escuridão. Tentei acompanhá-lo, mas o chão tinha se transformado em um rio de lama, me desequilibrando o tempo todo. Ele segurou minha mão com mais força, como se estivesse determinado a não me deixar cair.

O chão se inclinou, transformando a suave elevação em uma subida impossível enquanto água e terra corriam sob nossos pés. Perdi o equilíbrio de novo. Dessa vez, minha mão molhada escorregou da de Jared, e caí.

Meu ombro bateu no chão, e escorreguei sobre algo afiado.

A dor disparou por meus tornozelos e panturrilhas como se centenas de facas perfurassem minha pele. Eu me retraí, e a sensação se intensificou. Será que era vidro?

Raios rachavam o céu, iluminando as gavinhas prateadas enroscadas em minhas pernas.

Concertina.

Tentei livrar o corpo, mas o arame só ficava mais apertado, as farpas enfiavam-se mais profundamente em minha pele. Mordi o interior da bochecha para não gritar, e o gosto de sangue encheu minha boca.

Jared se ajoelhou a meu lado. A chuva escorria por seu rosto em fios grossos.

— Você está bem?

Fechei os olhos, tentando ficar calma.

— Acho que sim. — Foi tudo o que consegui dizer.

Ele tirou o cabelo sujo de lama de meu rosto.

— Não se mexa.

Jared tentou desenrolar a concertina, mas os dentes de metal se prendiam a minhas pernas e os nervos de minhas costas se contraíam. Estremeci, agarrando seu braço.

— Shh — murmurou ele. — Estou bem aqui.

Um carro derrapou na lama, uma porta bateu não muito longe de nós. Não tínhamos muito tempo.

Outro raio reluziu.

As mãos de Jared estavam cobertas de sangue por tentar desenrolar as tiras que se enrolavam em mim. Não era à toa que as prisões usavam aquilo. Ele não ia conseguir me soltar no escuro sem um cortador de fios ou um milagre.

Agarrei sua gola e o puxei mais para perto, sentindo o calor de seu hálito em meu rosto.

— Precisa ir.

— Não vou deixar você. — A voz dele falhou.

— Ouça. Estão achando que fui sequestrada, e acabamos de destruir uma prisão. Se ficar aqui, vai ser preso.

— Não me importo.

— Eu me importo. — Segurei seu rosto entre as mãos, forçando-o a olhar para mim, mesmo que mal conseguíssemos nos ver. — Caso se encrenque por minha causa, não vou aguentar.

Você já está encrencado por minha causa. O mundo inteiro está.

Jared encostou a testa na minha. A mudança sutil de posição fez outro choque de dor subir de minhas pernas, e uma onda de enjoo me percorreu. Ele passou os dedos pela lateral de meu rosto, e um tipo diferente de dor me consumiu.

— Eu não deveria ter afastado você — disse ele.

Tudo em que eu conseguia pensar era protegê-lo. O que tinha acontecido entre nós do lado de fora do Corações Misericordiosos não alterava meus sentimentos por ele. Não sabia se alguma coisa poderia alterá-los.

— Não importa...

— Deixe-me dizer uma coisa — sussurrou ele. — Eu estava com medo. Ainda estou. É como se você me conhecesse. Vê coisas em mim que ninguém mais vê. — Ele balançou a cabeça. — Não estou explicando direito.

Toquei a cicatriz que ele tinha sobre o olho.

— Está explicando muito bem.

— Jamais tive algo que fosse meu, e nunca me importei até agora. — Ele hesitou. — E sei que você não é minha... mas quero que seja.

Botas pisaram na lama ali perto.

Preciso tirá-lo daqui.

Passei meus dedos por seus lábios.

— Se o que o espírito de Darien disse era verdade, libertei um demônio hoje. Pense em todas as pessoas inocentes que Andras vai ferir. Precisa encontrar uma maneira de detê-lo ou nunca vou conseguir me perdoar.

Era mentira.

Eu nunca conseguiria me perdoar independentemente do que ele fizesse. Mas, se Jared acreditasse que estava ajudando a mim e às pessoas que caíssem na armadilha armada por mim sem querer, talvez concordasse em me deixar ali.

— Ainda gosta de mim? — perguntou ele.

Eu sentia seus olhos sobre mim.

— Não devemos ficar juntos. Não sou uma de vocês.

Seus lábios roçaram os meus.

— Responda a pergunta.

Ofeguei.

— Gosto.

— Não importa se tem uma marca. Não precisa ser nada mais do que é. — Jared pressionou os lábios contra os meus com uma avidez que correspondia a minha. Por um instante, não existiu nada além de nós dois. Ele deslizou a boca para meu ouvido. — Você é o bastante.

— Vou checar o lado oeste — gritou uma voz através da chuva.

Passei a mão por seu rosto, tentando memorizar cada curva e cada linha.

— Por favor, vá.

— Vou encontrar você, juro — sussurrou ele. — Eu...

— Vá. — Eu o empurrei.

Ele hesitou, e fechei os olhos, ouvindo a tempestade engolir o som de seus passos.

Ele está seguro.

A dor diminuiu, e um torpor me envolveu. Contei em silêncio, rezando para ele estar longe o bastante, até ver o feixe de uma lanterna.

— Aqui! Encontrei uma pessoa. — O policial se abaixou a meu lado. — Você vai ficar bem, moça.

Não respondi, torcendo para que a chuva me afogasse. Procurei o rosto de Jared em minha mente.

Será que ia esquecê-lo? Ou minha mente enfim ia guardar uma imagem da qual queria me lembrar?

Fiquei deitada na lama enquanto os policiais se esforçavam para me soltar.

— A ambulância está presa na tempestade, mas vamos cuidar de você. Já vimos esse tipo de coisa. Não é?

O outro policial estremeceu quando a concertina cortou suas mãos.

— Vamos tirar você daqui em pouco tempo, e suas pernas vão ficar bem.

E o resto de mim?

Eles perguntaram meu nome várias vezes: quando fizeram o curativo em minhas pernas, quando me enrolaram em um cobertor de lã áspera, quanto esperei no banco de trás do carro de polícia. Logo iam descobrir.

Eu observava a chuva tamborilar nas janelas destruídas da prisão sob a luz dos faróis quando algo se moveu na extremidade do muro. Alguém.

Jared.

A apenas alguns metros de distância, mas extremamente distante em todos os sentidos que importavam.

Vou encontrar você.

Eu não prometia a ele. Prometia a mim mesma.

Mais uma vez, conseguira perder tudo: as coisas que me permitia desejar e as que queria desesperadamente que fossem verdadeiras. Mas, naquele momento, só existia uma verdade.

Nunca estivera destinada a salvar o mundo.

Era a pessoa que o destruíra.

Mesmo que não conseguisse enxergar mais que uma silhueta, observei Jared até o policial se sentar no banco do motorista e os pneus girarem pela lama. Até eu não conseguir ver a prisão, a rua ou nada além do rosto dele em minha mente. Perguntei-me se o veria de novo.

E se as pombas negras algum dia me carregariam.

AGRADECIMENTOS

Esta é minha Legião, a sociedade não tão secreta de pessoas brilhantes que me apoiaram ao longo do processo de escrever este livro e de colocá-lo no mundo. Sou mais grata a elas do que podem imaginar.

Jodi Reamer, rockstar dos agentes — por ser a primeira e única agente a ler o manuscrito. Passei a noite inteira andando de um lado para o outro, sabendo que se você amasse o final, seria a pessoa certa para lançar *Inquebrável*. Obrigada por amá-lo e por responder a mil e-mails e a uma quantidade ainda maior de ligações. Você é única.

Julie Scheina, minha primeira editora na Little, Brown — por cuidar deste livro desde as provas e me empurrar aos limites da melhor maneira. Trabalhar com você nos últimos seis anos foi uma verdadeira dádiva.

Erin Stein, minha editora na Little, Brown — por adotar a mim e a *Inquebrável* como se tivéssemos sido seus desde o começo. Nosso amor compartilhado por *Buffy* e *Ghost Hunters*, assim como o fato de você saber que a prisão de Moundsville era um lugar de verdade, não podem ter sido um acidente. Seu olho crítico, sua criatividade e sua crença neste livro beiram o sobrenatural.

Equipe de *Inquebrável* na Little, Brown — Hallie Patterson, por fazer mágica publicitária por mim todos os dias; Dave Caplan, por criar mais uma capa linda de morrer (ou de matar); Pam Garfinkel, por me dar notas editoriais incríveis; Jill Dembowski, por me ajudar a matar meus queridos; Barbara Bakowski, por provar que copidesque é uma arte; Adrian Palacios, pelo trailer maravilhoso; Victoria Stapleton, por ser uma lenda e a pessoa que me deixa roendo as unhas enquanto espero para ouvir se gostou do livro; Nellie Kurtzman, por ser um gênio do marketing com cabelo de top model; Melanie Chang, por ser uma guru de RP; Andrew Smith, por ser o cara mais inteligente (e maneiro) no editorial; e Megan Tingley, por acreditar em todos os meus livros desde o começo. Tenho uma dívida com todos da LBYR pelo trabalho duro. Tenho orgulho de considerar a Little, Brown um lar.

Writers House, minha agência literária — por me convidar para a sua festa e me representar. Agradeço especialmente Cecilia de la Campa, minha agente de direitos estrangeiros, por gritar com tudo sobre *Inquebrável* pelo mundo; e Alec Shane, por ler o livro e amá-lo. Realmente lhe devo uma espada.

Kassie Evashevski, minha agente de cinema na UTA — por seu talento, pelo perspicaz olhar para os negócios e verdadeiro respeito por autores e seus livros. Não há alguém melhor. Ponto final.

Meus editores estrangeiros — por arriscarem com este livro. *Merci. Grazie. Danke. Obrigado....*

Margaret Stohl, minha amiga e coautora de *Beautiful Creatures* — por me fazer escrever este livro (e os outros).

Melissa Marr, Kelley Armstrong, Carrie Ryan, Rachel Caine, Kimberly Derting, Margaret Stohl e Cat Conrad —

por ouvirem a primeira encarnação de *Inquebrável* e me encorajarem a escrevê-lo.

Holly Black e Carrie Ryan — por lerem incontáveis rascunhos e me darem notas de revisão, uma atrás da outra. *Inquebrável* seria um livro diferente sem vocês.

Yvette Vasquez, Margaret Stohl, Melissa Marr, Rachel Caine, Tahereh Mafi, Richard Kadrey, James Scott Bell, Erin Gross, Shelby Howell, Jana Morgan, Nicole D'Amore — por lerem e/ou me darem notas. Principalmente, por me darem coragem.

Ransom Riggs, Rachel Caine, Ally Condie, Richelle Mead e Nancy Holder — por escreverem citações incríveis que ainda me fazem ruborizar.

Jason Hawes e Grant Wilson, de *Ghost Hunters* — por suas citações, que fizeram cada minuto da pesquisa valer a pena. Estou verdadeiramente honrada.

Chris Berens — por pintar *Lady Day*, a base de Kennedy e a pintura que inspirou o título. Obrigada por mandá-la para mim.

Vania Stoyanova — por me deixar linda... e depois me fazer alças.

Eric Harbert e Nick Montano, advogado e gerente de marca das estrelas (e meus) — por serem dois caras seriamente íntegros (e durões). Fico feliz por vocês estarem do meu lado.

Alan Weinberger — por cuidar que meus joelhos aguentem minha saída em turnê.

Ekatarina Oloy — por pegar meus rascunhos e desenhar uma linda figura do Engenho.

Del Howison (mais conhecido como Dark Del) — por encontrar o Grande Pentagrama quando ninguém mais conseguia.

Viviane Hebel — por criar lindas bijuterias baseadas no livro.

Michele Belanger — por conhecer os fatos sobre Anarel e compartilhá-los comigo.

Leitores, bibliotecários, professores, livreiros, blogueiros e todos os que apoiaram a série *Beautiful Creatures* — por serem a maior Legião e a razão pela qual escrevo. Espero que vocês adorem *Inquebrável*. É para vocês.

Mãe, pai, Celeste, John, Derek, Hannah, Alex, Hans, Sara e Erin — por aplaudirem tudo o que faço, independentemente de quão louco pareça. Sou a pessoa que sou por causa de todos vocês.

Alex, Nick e Stella — por acreditarem que posso fazer qualquer coisa, mesmo quando não acredito em mim mesma. Sem vocês, nada disto importa. Amo vocês.